NORTHLAKE PUBLIC LIBRARY DISTRICT

P9-DHK-325

En busca de Bernabé

Graciela Limón

Título original: *In Search of Bernabé*
Traducción por Miguel Ángel Aparicio

Arte Público Press
Houston, Texas
1997

Recuperando el pasado, forjando el futuro.

Arte Público Press
University of Houston
Houston, Texas 77204-2090

Diseño de portada: Mark Piñón
Cuadro original en oleo 26" x 19" por Lynn M. Randolph:
"U.S. Peace Plan"
Copyright ©1990 Lynn M. Randolph

Limón, Graciela.
    [In search of Bernabé. Spanish]
    En busca de Bernabé / Graciela Limón;
    [traducción por Miguel Ángel Aparicio].
      p.   cm.
    ISBN 1-55885-195-X (trade paper)
    1. El Salvidor—History—1979-1992—Fiction.
    I. Aparicio, Miguel Ángel. II. Title.
    [PS3562.1464I518   1997
    813'.54—dc21   96-39823
                                         CIP

The paper used in this publication meets the requirements
of the American National Standard for Permanence of Paper
for Printed Library Materials Z39.48-1984. ∞

Copyright © 1997 Graciela Limón
Printed in the United States of America

NORTHLAKE PUBLIC LIBRARY DIST.
231 N. WOLF ROAD
NORTHLAKE, IL 60164

En busca de Bernabé

A mi sobrina Guadalupe Huerta Gómez,
por su cariñoso aliento y paciencia.

A Michael Kennedy, jesuita,
por su devoción al pueblo de El Salvador.

Reconocimiento

Extiendo una nota especial de agradecimiento al Dr. Miguel Ángel Aparicio por su excelente traducción de esta novela. También reconozco el esmerado trabajo de mi asistente y estudiante, José Reyes, quien computarizó el manuscrito en su forma presente.

También les doy las gracias a esos salvadoreños que compartieron sus dificultades personales al dejar su país en busca de una mejor vida.

Finalmente, quiero manifestar mi gratitud al Dr. Nicolás Kanellos y a la editorial Arte Público Press que ha hecho posible la publicación de *En busca de Bernabé*.

G.L.

Prólogo

Has llegado a viejo en la maldad... la belleza te ha seducido, la lujuria te ha descarrilado el corazón. Es así como te has comportado con las hijas de Israel y ellas tuvieron demasiado miedo para resistir.

Daniel, Capítulo 13

I

Santiago de Nonualco - 1941. Todo comenzó cuando Don Lucio Delcano estaba por cumplir sus setenta años y su único consuelo era vagar por sus tierras queriendo escapar al tedio. El día en que ocurrió por primera vez, el viejo entró al azar en uno de los establos y encontró a una niña sentada en un taburete, ordeñando una vaca. Sorprendido de repente por ella, Don Lucio se detuvo hasta que los ojos se le acostumbraron a la penumbra. Entonces miró detenidamente a la muchacha y vio que era bella. Tenía la cara ovalada y sus ojos eran grandes y luminosos, rodeados de largas pestañas negras. Calculó que tenía unos trece, quizás catorce años. Sus pequeños senos empezaban apenas a abultarse debajo del vestido de percal que traía, y el viejo pudo imaginarse que sus pezones eran color de canela. Sintió un arranque de vergüenza causado por sus pensamientos, aun cuando se agachaba para mejor distinguir a la niña.

—¿Cómo te llamas?

—Luz, Patrón.

Al susurrar su nombre, él se dio cuenta que la niña era su nieta por medio de un hijo que había tenido con una sirvienta india. Había sucedido años antes, pero se había mantenido al corriente de la mujer y del muchacho. Mientras se fijaba en los ojos negros de la muchacha, Don Lucio recordó que su hijo se había casado con una mujer de ascendencia africana y que la muchacha que ahora lo miraba con azoro era fruto de esa unión. Se acordó también que cuando nació la niña, su hijo le había pedido permiso para nombrarla Luz, en su honor.

Se sintió fascinado por la niña, y se llenó de deseo. Cerró los ojos, esperando que esa urgencia le pasara, pero en vez, tomó a la niña entre sus manos y apretó su piel color de caoba contra su cuerpo hinchado. Confundido por sus sentimientos, el viejo hizo un esfuerzo por salir, incapaz de controlar la emoción que se estaba apoderando de él. Ella era todavía una niña, más aun su nieta, pero le había cautivado su imaginación fatigada, y despertado en él sentimientos que no había tenido en décadas. Salió luchando por olvidarla, pero pensó en la niña toda la noche. Al día siguiente se dirigió al establo con la esperanza de volver a verla.

La encontró agachada sobre un balde de líquido blanco, hirviente, y cuando ella le dirigió la mirada, le sonrió tímidamente. Don Lucio la miró fijamente por largo tiempo haciendo que ella se moviera incómodamente en el taburete. El viejo no había tenido intención de hacer lo que hizo luego, pero se le acercó, abrió la bragueta de los pantalones, y sin hablar, le indicó que metiera la mano y lo tocara.

Luz se estremeció mientras se le agrandaban los ojos de miedo. Sabía que nadie le negaba al patrón sus deseos. También sabía que era su abuelo porque desde que tenía memoria, todo el mundo se lo había dicho. Aterrorizada, la muchacha levantó el brazo y metió la mano en el boquete negro donde quedó rígida e inmóvil al lado de los testículos. Él le hizo señas que lo agarrara, y Luz se estremeció otra vez al tocar la carne inerte.

La cabeza del viejo se le tambaleó hacia atrás y la boca se le abrió grotescamente, aspirando una bocanada de aire cuando sintió que Luz lo tocaba, pero aún sentía su cuerpo flojo e insensible. Entonces le pidió que lo acariciara, pero aunque Luz cumplió lo que pedía, Don Lucio permaneció inerte, y se dio cuenta que se había puesto en verdad viejo. Se apartó de la mano de la muchacha, y se retiró lleno de ansiedad. Después de esto, el viejo se obsesionó con la niña, y sus costumbres de siempre cambiaron. Sabía que se había enamorado de la niña, y defendía sus emociones negando que lo que hacía era malo. Soñaba con Luz día y noche, bloqueándolo todo, aún el hecho de que era su nieta. Soñaba irse lejos con ella a un lugar donde nadie supiera que era rico y poderoso. En sus sueños, la muchacha y él vagaban por campos verdes al pie de los volcanes, copulando en una cueva escondida, y Luz amándolo sobre todo, prometiéndole siempre permanecer a su lado.

Llegó el día en que Don Lucio sintió que el poder de su sueño le invadía el cuerpo, y supo que esta vez le probaría su amor a Luz. Se le arrimó a la muchacha en el establo, la levantó en brazos, llevándola a un rincón donde se arrodilló. Apretó a Luz contra la pared, y con los ojos cerrados en la penumbra, se quedó ahí por largo tiempo.

Le temblaban las manos al levantarle el vestido. Entonces metió las manos entre las piernas de la niña, subiendo sus dedos lentamente hasta meterlos dentro de la vagina. Cuando Don Lucio sintió que los dos estaban listos, la penetró, y Luz, paralizada por el miedo, se entregó. Después que el viejo terminó, le preguntó si le permitiría hacerle la misma cosa cuando fuera mujer. Sin saber por qué, ella le contestó que sí, que le permitiría hacerle lo que él quisiera cuando lo quisiera.

Después de esto, la muchacha tuvo mucho cuidado en esconder sus encuentros con Don Lucio de los ojos curiosos de los sirvientes. El secreto de Luz, sin embargo, la llenaba de ansiedad. Estaba convencida que lo que había provocado en su abuelo era vergonzoso, y que todo había sido culpa suya.

II

Don Lucio Delcano parecía una momia abultada; sentado, rodeado de su prole aduladora y servil. La piel de Delcano había sido blanca en su juventud, pero las décadas de sol tropical la habían bronceado, así que su cara parecía ahora del mismo color de las de sus sirvientes indígenas. La nariz voluminosa parecía encajársele en el bigote blanco, y ya no tenía el pelo rubio como lo había tenido en su juventud, sino canoso. Tenía las mejillas hinchadas, y por mucho que tratara de estirar la barbilla en un esfuerzo de apretar su quijada, los pellejos se le amontonaban sobre el cuello. Una vez altos y musculosos, los hombros de Don Lucio ahora estaban caídos. Cada vez que se movía del sillón, arrastraba los pies, y los brazos le colgaban de la barriga inflada.

—¡Que Dios lo bendiga, Padre. Está usted tan fuerte como un toro y tan guapo como un jovenzuelo de veinte años!

—¡Feliz cumpleaños, abuelo!

—¡Alegría y felicidades, éste es mi deseo para ti, Padre!

La fila de los descendientes de Lucio Delcano pasaba, saludándolo. Las caras sonreían, pero el viejo sabía que detrás de esas máscaras había rencor y odio. Sabía que sus hijos y nietos le deseaban la muerte, y se dio cuenta que él también los odiaba con la misma intensidad.

—Abuelo, te ves fabuloso en tu día. ¡Qué ejemplo de príncipe eres! Debes tener el secreto del elixir de la juventud.

Don Lucio sentía una repugnancia por su familia que concordaba con el aborrecimiento de sí mismo. Según contemplaba esas caras, sentía que cada uno de ellos, desde el mayor de sus hijos hasta el más joven de sus nietos, parecían animales.

—¡Excremento! ¡Mentiras! ¡Adulación podrida! Una colección de tipos miserables. He engendrado un circo.

El viejo refunfuñaba mientras sus ojos apagados recorrían la vasta sala hasta posarlos en su primogénito, Damián. "Parece un camello," pensó el viejo. "Uno de los más estúpidos. Ojos de pescado, jeta babosa, nariz aplastada."

Don Lucio lanzó la mirada al otro lado de la sala, y se concentró en una mujer obesa. —Hortensia. Una yegua. Pura gordura.— El patriarca se fijó en su hija mientras ella atravesaba la sala, meciendo el cuerpo de un lado para otro. —Agrietaría el estuco de las paredes con ese culo si esta sala fuera más pequeña.

Delcano acomodó su cuerpo en el sillón. Miró hacia un lado y vio a su hijo más joven parado junto a la mesa al lado de Hortensia. "Anastasio. El sol le chamuscó los sesos hace mucho. Es un tapir; todo pezuñas y hocico."

Al lado de Anastasio, Don Lucio dio con Fulgencio. —¡Ah! El hocico de una comadreja. El cura de la familia. ¡Ja!

Delcano sabía por qué su hijo había decidido ser sacerdote. Fulgencio prefería la libertad que le daba la falda que le cubría las piernas. El viejo gruñó quedamente porque sentía que le ardía el estómago.

"¡Animales! Todos y cada uno!"

Los ojos le saltaban de Ricarda, a Eliseo, a César. Esas caras comenzaron a mezclarse, confundiéndose una con la otra, cuando Don Lucio se dio cuenta de que si ellos eran bestias y torpes, era él la causa de esa deformidad. Dejó salir un ronquido fuerte, y la prole, creyendo que el viejo se carcajeaba, rió junto con él. Don Lucio alcanzó a ver esas lenguas amoratadas y sintió una mareada de disgusto. Ninguno de ellos tenía la inteligencia ni la valentía de ganar un solo colón. Ninguno merecía la tierra y la plata que él había acumulado mediante años de trabajo.

"¡Mierda! ¡Mierda! ¡Pura porquería!"

Don Lucio bajó la cabeza contra el pecho. Como siempre, traía puesto el sombrero panamá de alas anchas, y nadie podía verle los ojos ni adivinar que se había escapado a los placeres de sus recuerdos.

"Luz, has sido mía. Sólo mía. ¿Por qué me miras con esos ojos de terror?"

—¿Algo para comer o beber, Lalo?

La voz chillona de la esposa de Don Lucio lo trajo al presente. Resentía el nombre que su mujer le ponía porque lo usaba para recalcar su devoción hacia él. Sin embargo, él sabía que ella nunca lo había querido y ese apodo le desgarraba los nervios como cuchillo filoso.

"¡Me casé con una vaca!" El viejo refunfuñaba sin que nadie lo oyera mientras ella le ofrecía una bandeja de albóndigas repulsivas que alguien había fabricado en su honor. Con el estómago revuelto, decidió escaparse regresando a la muchacha.

"Cuando estoy contigo, sólo siento amor por ti. No oigo nada. No veo nada. Me llenas el alma. Me haces olvidar quien soy."

Entonces los recuerdos de Don Lucio se trasladaron a un pasado aún más distante. Él había sido uno de varios hermanos nacidos en un pequeño pueblo cerca de Santander en la costa nordeste de España. Su padre había sido marinero; un borracho que les pegaba a los niños y a la esposa. Lucio llegó a la adolescencia vestido con harapos, y con la barriga siempre padeciendo los dolores del hambre.

En cuanto llegó a los quince años, el abuso de su padre y el tufo a pescado podrido se le habían hecho intolerables. Fue durante ese tiempo que escuchó las voces que corrían por las calles con noticias de las oportunidades que le esperaban en

América a los listos e ingeniosos. Y así un día Lucio bajó al puerto donde se estaba alistando un barco para su viaje transoceánico.

—¡Amigos! ¡Vámonos a América! ¡Vámonos!

Sin saber el destino de la nave, el muchacho saltó abordo y obtuvo pasaje a cambio de trabajar en las galeras. La travesía fue larga y difícil, y Lucio sufrió ataques de náusea constantemente. La escasez de comida durante el viaje lo enflaqueció, y cuando desembarcó en El Salvador en Bahía de Fonseca, llegó con el cuerpo esquelético y la cara demacrada. También se había puesto más alto, y aunque apenas tenía dieciséis años, Lucio sabía que tenía que actuar como un hombre.

Encontró en El Salvador un mundo de diversos colores; la mayoría eran campesinos empobrecidos. Nunca más pensó en su madre, ni en sus hermanos y hermanas. En vez, se dedicó a esa tierra nueva, sin dudar de sus acciones o motivos, sabiendo todo el tiempo que algún día él sería inmensamente rico. Y así, poco a poco, fue almacenado fincas, minas, ganado y sirvientes.

—Abuelo, ¿un café?

Los ojos abotagados del viejo percibieron la cara animada de uno de sus nietos. Fastidiado, despidió al chico con la mano, rehusando aceptar comida o bebida de nadie. Encaprichado, cerró los ojos, y en esa oscuridad, vio el cuerpo de la muchacha; sus pequeños senos, sus pequeños pezones.

"Me dicen que pronto serás mujer. ¡Ven! Déjame besarte el pecho. No tengas miedo. ¡Por favor!"

—El Padre Manuel está aquí para desearle un feliz cumpleaños.

Un criado le informó a Don Lucio que el sacerdote había llegado, y el viejo se resintió de que lo interrumpieran. Al levantar la mirada hacia su familia se dio cuenta de que habían dejado de cotorrear y que todos los ojos se dirigían hacia él. Hortensia, Damián y Josefina inclinaban las orejas hacia él, tratando de pescar una palabra de lo que el sirviente había susurrado. Cerrando los ojos, Don Lucio se desplomó todavía más en el sillón, sabiendo que el silencio les despertaría la curiosidad aún más.

Encorvado en su trono, con los ojos herméticamente cerrados, los codos cruzados sobre el vientre hinchado, Don Lucio Delcano comenzó a sentir un sentimiento desconocido. Leve y suave al principio, la idea pronto cobró fuerza; el viejo se dio cuenta de que iba a morir, y que no había recibido el perdón por todos los pecados y ofensas que había cometido.

"Para ser perdonado tengo que arrepentirme de lo que he hecho."

El aliento se le atrapó en la garganta. Se daba cuenta de que no se arrepentía de nada, y supo que se complacía al saber que iba a morir como si fuera un animal. Sonrió primero, entonces se le escaparon unas carcajadas entrecortadas, causando que el vientre le temblara, y su familia reaccionó, riendo al igual que él. Entre más reía Don Lucio, más lo imitaban los otros, haciendo muecas como idiotas.

De repente, sintió que perdía el aliento. Sentía que la camisa le estaba apretando los pellejos del cuello; que los botones de la camisa y del chaleco lo comprimían, como si fueran serpientes enroscándole el corazón. Dedos puntiagudos le oprimían los pulmones. Ya no se estaba riendo, y tenía los ojos llenos de pánico mientras trataba de gritar, pero la celebración continuaba a su alrededor. La camada no comprendía, o simulaba no comprender, y su risa se intensificaba.

El bullicio comenzó a alejarse de Don Lucio, y en su lugar oía tintinear desde muy lejos unas campanitas, seguidas por el chirrido de un acordeón desafinado, acompañado por notas discordantes de un violín chillón. Reconoció la música de la taberna del pueblo de su juventud. Ante la muerte, Lucio Delcano era otra vez aquel joven de quince años, rodeado de viejos desdentados y narizones, con las mismas boinas sucias puestas en la calva.

Don Lucio pestañeó tratando de concentrarse en aquellas caras de antaño, pero ya no podía ver. El aire empezó a salírsele del cuerpo, y los párpados se le cerraron. Jadeaba y gorjeaba, y frenéticamente se agarraba el pecho con las manos, mientras perdía el conocimiento.

Primera Parte

"Miles se acercaban a la Basílica del Sagrado Corazón... y se unían a una procesión silenciosa detrás del cortejo mientras lo conducían a la Catedral Metropolitana. El féretro gris del arzobispo asesinado, Oscar Arnulfo Romero, permanecía en los escalones de la inmensa Catedral de San Salvador, con una corona de rosas rojas en la cabecera. De repente, el funeral se transformó en un cuadro de terror: la explosión de bombas, descargas de fuego al azar, la muchedumbre horrorizada en una estampida de pánico. Antes de que terminara, 35 personas habían muerto, 185 otras habían sido hospitalizadas... otras habían desaparecido."

Time Magazine, el 14 de abril de 1980

I

San Salvador - Marzo de 1980.

Aunque la muchedumbre era inmensa, un silencio raro prevalecía. Sólo las pisadas calladas de los dolientes y las intermitentes plegarias rompían el vacío. Las calles alrededor de la catedral estaban atascadas de gente que había venido de cada sector de la ciudad y hasta de más allá de San Salvador. Había aquéllos que habían abandonado cocinas, fábricas y salas de clase. Los campesinos habían caminado distancias desde valles y volcanes, desde cafetales y sembradíos de algodón. Todos venían a acompañar al arzobispo en su último peregrinaje por la ciudad. Muchos lloraban, agachados, apeñuscados unos a otros, algunos con angustia y otros con miedo. Se apiñaban y se empujaban entre sí esperando ver algo que pudiera darles un sentido de dirección. Estaban nerviosos, sabiendo que cada umbral podía ser el escondite de un franco tirador.

De la Basílica del Sagrado Corazón, donde el arzobispo yacía en público, los dolientes desfilaban hacia los escalones de la cripta de la catedral. El murmullo de las oraciones susurradas y los sollozos sofocados se alzaban, chocando contra las paredes acribilladas de balas, revoloteando y cayendo a medio aire.

—Padre nuestro, que estás en los cielos, santificado sea tu nombre...

Bernabé Delcano luchaba con el crucifijo que le habían asignado llevar en el cortejo fúnebre. Llevaba la cruz lo más alto posible, aunque por su peso le dolían los antebrazos. Las manos, que apretaban la cruz, estaban tiesas y ya enseñaban manchas blancas alrededor de los nudillos y las puntas de los dedos. El joven, como sus compañeros seminaristas, vestía una sotana que retrasaba sus movimientos. El calor intenso le causaba dolor de cabeza, y las bocinas que resonaban con las oraciones de la misa sólo aumentaban su malestar.

Vez tras vez volvía la cabeza hacia la multitud para cerciorarse de que su madre no se alejara de él. Bernabé se sentía seguro cada vez que veía que la cara de Luz le devolvía la mirada, sabiendo que ella tampoco le quitaba los ojos de encima. Una vez, agarró el crucifijo con una mano y con la otra la saludó rápidamente, pero no lo intentó otra vez, porque ese gesto por poco le hace dejar caer la cruz. El sudor se le acumulaba en la frente y le goteaba por dentro de la camisa hasta la cintura. Miró a su alrededor, viendo el rostro de su madre otra vez, pero ahora la interferencia de caras y cuerpos le hacía imposible determinar sus sentimientos.

Miró las caras de los otros seminaristas, esperando descubrir una ojeada o una mirada que indicara que su confusión era como la suya. En cambio, solamente vio ojos opacos, sin expresión. Sólo movían los labios, mecánicamente respondiendo a los Padrenuestros y las Avemarías murmurados por los sacerdotes a la cabeza del cortejo fúnebre.

Entonces Bernabé miró más allá de los rostros de sus compañeros hasta los de los otros dolientes. Algunos bordeaban las calles, pero la mayoría caminaba detrás de los sacerdotes y las monjas, de los seminaristas y los acólitos. Al mirar esos rostros, se acordó de repente de un cuadro. Una vez había tomado una clase de arte en la que el profesor había abandonado la lección sobre el cubismo con una sola palabra: *excremento*. Sin embargo, los ejemplos destacados en el libro habían fascinado a Bernabé, y había pasado horas en la biblioteca del seminario pensando en ellos.

Una de las imágenes se titulaba *Guérnica*, y la descripción debajo de la foto la identificaba como el trabajo de Pablo Picasso. Bernabé sabía poco acerca del artista, excepto que la gente se disputaba si era español o francés. Lo que le importaba a Bernabé, sin embargo, era ese cuadro en el cual había fragmentos de seres humanos.

El retrato mostraba cabezas incongruentemente formadas: brazos rígidos, extendidos; ojos dilatados; labios torcidos; perfiles desafilados; todos regados, sin lógica aparente. También mostraba vísceras de animal, y la cara de un caballo. Bernabé había notado que el animal llevaba la mirada de humano aterrorizado. O sería, se había preguntado, que era al revés, y que el rostro humano parecía el de un animal cuando sentía que se acercaba su matanza. Lo raro, pensaba Bernabé en ese entonces, era que esos pedazos fragmentados no se podían unir de nuevo, aunque él había intentado reconstruir una figura humana, imaginándose esta cabeza pegada a aquellos brazos.

Ahora, mientras Bernabé marchaba en la procesión, se daba cuenta de que esta gente que lo rodeaba estaba fragmentada: caras, ojos, mejillas y brazos. Eran pedazos rotos al igual que el cuadro inconexo de Picasso.

—Ave María, madre de Dios...

La procesión serpenteaba por las calles, bajo los ojos indiferentes de los ricos, y bajo aquellos que aparentaban ser ricos. Muecas endurecidas traicionaban un sentimiento de disgusto. Era una lástima, le expresaban estas caras a Bernabé, que el arzobispo no le hubiera hecho caso a sus mejores instintos, a su mejor juicio. Esos ojos acusadores revelaban la convicción de que más valía que los sacerdotes no se ocuparan de política, y que se conformaran con la misa y el perdón de pecados.

—Gloria al Padre, al Hijo y al Espíritu Santo...

Bernabé comenzaba a sentir la fatiga; empezaban a borrarse caras frente a él. Las oraciones interminables le ronroneaban monótonamente en los oídos. La cruz parecía aumentar de peso cada minuto. Mientras avanzaba con el resto de los dolientes, empezó a tropezar en el pavimento mojado. Sus dedos perdieron sensación y el sudor hizo que la cruz se deslizara en sus puños ya agarrotados. De repente, perdió control de la cruz y se cayó de rodillas. La sotana se le enredó en los tobillos, y el empuje de los que lo seguían lo apachurró, forzándolo a gatear en cuatro patas.

Sin darse cuenta, Bernabé sacudió la cabeza de un lado al otro queriendo enfocar, cuando una explosión hizo temblar el suelo. Una granada explotó entre la muchedumbre apelotonada en la esquina de la Plaza Barrios en frente de la catedral. Al estallido siguieron descargas de ametralladora y disparos de rifles que llovían de todos lados, aterrorizando la masa de gente. Rápidamente, el cuerpo del arzobispo fue recogido y llevado dentro de la iglesia por cuatro obispos. La mayoría de los dolientes, sin embargo, no pudieron llegar al santuario de la catedral, y porque no podían hallar refugio en ninguna parte, corrían, arrojándose en todas direcciones, gritando histéricamente.

Las madres se escondían dondequiera en un esfuerzo por proteger a sus niños. Hombres y mujeres se apretaban contra las paredes de la catedral esperando protegerse detrás de una esquina o cualquier cosa que los defendiera. Entonces, unos jóvenes, en su mayoría guerrilleros, sacaron armas de mano, disparando al azar hacia el gentío, con la esperanza de matar algunos de los escuadrones de la muerte aunque fuera con una bala desatinada.

Entonces aparecieron soldados, también disparando hacia la gente que empujaba y pisoteaba en un frenesí por sobrevivir. Nadie pensaba. Nadie razonaba. Todo el mundo actuaba por instinto, pedazos y fragmentos de bestias atormentadas, animadas sólo por el poderoso deseo de vivir. Entre tanto, las descargas y disparos de armas y granadas continuaban. En poco tiempo quedó la plaza cubierta de muertos y de heridos.

Bernabé, a gatas en el asfalto, fue cogido sorprendido por la primera descarga. El amontonamiento de cuerpos que lo apachurraba por encima y por su alrededor le impedía levantarse, y aún más cuando los cuerpos empezaron a lloverle por encima, oprimiendolo contra el suelo. De repente, sintió un dolor intole-rable cuando alguien le pisó la mano, moliéndole los huesos de los dedos contra el pavimento. Gritaba mientras trataba de defenderse con la otra mano, pero no le sirvió porque la bota giró en la otra dirección, machacándole la mano con aún más fuerza. Mientras tanto el gentío lo arrastraba de atrás para adelante, y terminó por aplastarlo contra una pared. Al fin, pudiendo incorporarse con la mano izquierda, se recostó contra una pared desde donde miraba con horror aquellas cabezas bamboleantes y cuerpos torcidos. El pánico había llegado al máximo.

—¡Mamá-á-á-á!

El grito de Bernabé era ronco y ahogado; le salió de las entrañas, no de la garganta. No sabía qué hacer, adónde ir. Sus quejidos sobrepasaban los alaridos de los que lo rodeaban, y siguió gritando por su madre. Su dolor era intenso, obligándolo a quedarse recostado contra la pared a pesar del impulso por correr.

Permaneció inmóvil con los pies plantados en el concreto, el cuerpo bañado en sudor, y la cara, el cuello y el pelo embadurnados de basura, mugre y sangre. Luego comenzó a sollozar, llorando inconsolablemente, a pesar de que era ya un hombre de veinte años. Gritaba porque sabía que iba a morir, y no se sentía avergonzado, ni le importaba lo que cualquiera quisiera pensar.

De repente recordó que su madre también estaba en peligro, y esto cortó su pánico. Bernabé se arrojó hacia la muchedumbre, pateando y golpeando los cuerpos que lo empujaban en todas direcciones. Gritaba el nombre de su madre, tratando de verla, usando el brazo bueno para apoyarse en cualquier hombro u objeto que pudiera encontrar. Pero Luz había desaparecido por completo.

Bernabé pudo alejarse de la plaza colándose por una abertura en la cadena de soldados que la habían rodeado. Corrió por las orillas de la plaza varias veces, arrojándose calle arriba y calle abajo, por los portales, gritando el nombre de su madre, pero su voz se perdía en el estrépito de las sirenas, el griterío espantoso de la gente y las descargas de las ametralladoras. Repitió el nombre de Luz hasta que la voz se le puso ronca y la garganta se le cerró.

Entonces se le ocurrió que tal vez su madre había salido de la plaza y corrido a casa. Bernabé decidió seguir este impulso y se apresuró hacia su casa, pensando que la encontraría esperándolo, pero cuando llegó, la puerta estaba cerrada. Con su mano sana dio puñetazos en la puerta vez tras vez. Cuando los dedos se le entumecieron del dolor, golpeó la puerta con la frente hasta que sintió que la sangre le corría por las mejillas.

De momento, un empujón brutal lo tumbó. Cuando alzó la mirada, vio a un soldado armado mirándolo.

—¿Qué haces aquí, maricón? Vale más que recojas tu falda y te vayas a la iglesia a esconderte con las otras viejas. Si no te vas para el carajo, te voy a volar los sesos de mierda para regarlos sobre estas paredes. Voy a contar hasta cinco. Uno, dos, tres...

Bernabé saltó y se echó a correr. Siguió corriendo aunque le faltaba el aliento, aunque el dolor en el brazo era intolerable, aunque sabía que su madre lo necesitaba. El pánico se le adueñó del corazón, y no supo hacer nada más que seguir corriendo.

Después que el horror había disminuido en la plaza, hombres y mujeres atónitos buscaban a un hijo, una esposa o toda una familia entre el humo azufrado que aún quedaba. Entre ellos se encontraba Luz Delcano. Llamó el nombre de su hijo, y su dulce lamento se mezclaba al de los otros como el musgo podrido pegado a las paredes de los edificios que rodeaban la plaza.

Luz iba de un cuerpo a otro, tomando la cara de uno entre las manos, dándole media vuelta al otro. El desespero empezó a dominarla. En su temor, se acordaba de la pérdida de su primogénito, Lucio. Ahora Bernabé, el segundo, también había desaparecido.

Las tropas del gobierno habían tomado control del área. Ordenaron que se fueran a casa todos los que se habían quedado atrás y que no volvieran. Luz Delcano no tuvo más remedio que seguir esos mandatos.

II

Terminaba el día y Bernabé estaba demasiado cansado para seguir corriendo. Sentía que los pulmones estaban por estallarle, y tuvo que detenerse abruptamente, jadeando con la boca abierta. Había dejado la plaza atrás pero no sabía cuál sería su próxima movida, así que siguió a tres hombres que abandonaban la ciudad, dirigiéndose hacia el norte, rumbo al volcán de Guazapa. Mientras los seguía, Bernabé se cayó varias veces debido a su sotana, lastimándose la mano herida cada vez, y aunque trataba de quitárse la sotana, le era imposible hacerlo con una mano.

A medida que se acercaban al volcán, Bernabé se dio cuenta de que había otros además de él que se unían por el mismo sendero, y sin preguntar, se dio cuenta que subían la montaña hacia el cuartel de las guerrillas. Veía que el grupo crecía. La gente aparecía de dondequiera, mezclándose desde detrás de árboles, toldos, umbrales de casas y chozas. Había gente de todos tamaños y edades. Algunas hombres caminaban al lado de abuelas. Niños y adolescentes al igual que viejos, se integraban al grupo. Mujeres jóvenes, muchas de ellas embarazadas, otras con niños y chicos de más edad a sus lados, caminaban dando pasitos rápidos.

Bernabé se dió cuenta que eran campesinos en su mayoría: hombres y mujeres de manos endurecidas y caras curtidas. Mientras miraba a su alrededor, vio gente cuyos ojos estaban empequeñecidos por la incandescente luz del sol, y cuyos labios estaban surcados de arrugas causadas por el dolor, la humillación, y el sufrimiento.

Casi todos llevaban la ropa harapienta. Las mujeres se cubrían la cabeza con chales desteñidos, y los hombres vestían pantalones estropeados y camisas en hilachas, y llevaban la cabeza cubierta con sombreros amarillentos y manchados de sudor. Sus pies endurecidos, unos calzados en sandalias rústicas, otros descalzos, pisoteaban la tierra volcánica que se levantaba en nubecillas polvorientas. El aire del crepúsculo llevaba matices amarillos y áureos, y las siluetas de los hombres y mujeres se alargaban con la puesta del sol.

Bernabé se maravillaba de lo que pasaba y miraba esas caras desconocidas, tratando de comprender los eventos de ese día. Tenía miedo, pero al no saber qué hacer, continuó caminando, ofuscado y sin dirección, preso en el empuje de aquellos cuerpos que lo movían hacia adelante.

La banda seguía su caminata hacia la falda del volcán, pero se paró de repente cuando otro grupo de hombres y mujeres armados apareció por detrás de la cresta de la montaña. Se aproximaron con entusiasmo, queriendo abrazar a tantos de los recién llegados como fuera posible. Bernabé se encontró súbitamente rodeado por un pelotón de hombres, mujeres y niños sonrientes que reían llenos de júbilo.

Sintió como si se hubiera tropezado con un carnaval o una fiesta. Bernabé se fijaba en los apretones de mano, abrazos y palmadas en la espalda. Dio vueltas y vueltas, mirando a cada dirección, pensando que acaso era el único desconocido entre ellos, cuando de repente dos brazos lo apretaron por detrás. Bernabé miró y vio una cara que parecía amistosa. Le reciprocó el abrazo caluroso.

—Me llamo Néstor Solís.

—Yo soy Bernabé Delcano.

Néstor Solís era más o menos de la edad de Bernabé. Llevaba pantalones desteñidos y una camisa rústica, medio desabrochada, que enseñaba su pecho bronceado. Llevaba botas fuertes, y un sombrero de paja le oscurecía los ojos. Como sus compañeros, estaba equipado con un arma de fuego atada y cruzada al pecho. Al hablar, Néstor mostraba ojos llenos de regocijo por la ola de nuevos reclutas que se unían al rango de los guerrilleros. Cuando sonrió, Bernabé se fijó que le faltaban algunos dientes.

—¿Eres sacerdote? le preguntó Néstor.

—No, todavía no, y creo que ahora nunca lo seré.

Bernabé oyó sus palabras y se sorprendió por lo que había dicho. El pensamiento de no volver aún no le había pasado por la mente. Cuando habló otra vez, titubeó.

—Bueno, supongo que Dios tiene otros planes para mí. Alguien tendrá que ser sacerdote en mi lugar. A lo mejor tengo que quedarme con ustedes.

Al decir estas palabras, Bernabé levantó el brazo en ademán de señalar las fuerzas guerrilleras. Aunque había usado su brazo bueno, mover el cuerpo lo hizo estremecerse.

—¿Estás lastimado? ¿Está mala la herida?

—No, señor, pronto pasará.

Bernabé mentía, puesto que la mano le dolía más que nunca. Pero de momento, olvidó el dolor cuando un hombre armado y de cuerpo musculoso les llamó la atención a todos.

—¡Bienvenidos, compañeros y compañeras! Soy el Capitán Gato. He venido a darles la bienvenida a todos, y para indicarles que están seguros. Allá arriba, más allá de la montaña, encontrarán amparo y protección. Puede ser que ustedes quieran regresar de donde vinieron, pero si no, pueden unirse a nosotros. Tendrán tiempo de decidir por su propia cuenta.

Se detuvo, como si esperara que alguien preguntara algo, pero nadie respondió; sólo hubo un silencio interrumpido por el viento que se deslizaba por el volcán. El Capitán Gato tenía algo más que añadir.

—Todavía nos falta un buen tramo hasta el final de nuestro camino. Debemos marchar por la Presa Embalse, luego subir las montañas de Chalatenango hacia donde nuestros hermanos y hermanas nos esperan. Va a ser difícil, así que tienen que ayudarse entre sí.

Después de una breve pausa, el éxodo de hombres, mujeres y niños tomó el camino hacia arriba. Néstor siguió junto a Bernabé. Mientras caminaban, señalaba los senderos usados por las guerrillas, y explicaba lo que sabía de la vida en las montañas.

—Escucha, compañero, no pienses que yo lo sé todo porque puedo mostrarte más de dos cosas. En verdad, yo he estado aquí por muy poco tiempo. En realidad soy campesino. Nací en una pequeña parcela de tierra donde viví toda la vida con mi mamá, mi papá y mis dos hermanas. Las muchachas son más jóvenes que yo.

Bernabé escuchaba a Néstor con interés, y lo miraba mientras caminaban. Cuando Néstor dejó de hablar, Bernabé le preguntó "¿Por qué te uniste a las guerrillas si eres campesino?"

Néstor se chupaba los labios al concentrarse en su respuesta. "No hace mucho, apenas en enero pasado, una tarde a la hora de la comida, cuatro soldados entraron a la fuerza a nuestra casa. Esto sucedió tan repentinamente que ninguno de nosotros pudo hacer nada. A mi padre se le había roto el tobillo en un accidente que había tenido con la mula, así que él no podía ni pararse. Cuando intenté defender a mi madre y mis hermanas, me pegaron en la boca con la culata de un rifle."

Néstor se calló de nuevo; parecía cavilar. Bernabé decidió no hacer más preguntas, pero su compañero comenzó a hablar de nuevo.

—Querían algo de beber, y mi madre les dio agua. Entonces dijeron que tenían hambre, y compartimos lo que estábamos comiendo.

Cuando Néstor dejó de hablar, Bernabé lo miró y vio que tenía la vena del cuello abultada y que tragaba saliva con dificultad. Al no saber qué decir, Bernabé permaneció callado. —Pues uno de los marranos comenzó a reir y dijo que tenía hambre, pero no del maíz que comíamos. El animal miraba a mis hermanas y comprendí. Te digo, compañero, que espero que nunca sientas lo que yo sentí en aquel momento. Tenía miedo, pero al mismo tiempo sentía que la rabia se me salía por los cabellos.

—Me le eché encima al puerco y lo agarré por la garganta de mierda. Entonces, todo se oscureció. Uno de ellos me pegó en la cabeza con el rifle. Pero mi desmayo sólo duró unos pocos minutos, porque cuando abrí los ojos vi que mi padre había gateado hacia uno de los mierdas y le había agarrado el tobillo. El animal le dio un tiro a mi papá en la cabeza. Cuando mi mamá trató de alcanzarlo, el soldado la empujó con tanta fuerza que se cayó al piso.

—Por favor, compañero, no me cuentes más. Vamos a callarnos mientras caminamos.

—No, no, necesito decirte lo que pasó. ¡Esos marranos! Les fue fácil. Mientras que uno de ellos nos apuntaba el arma a mi madre y a mí, los otros hicieron todo lo que quisieron con mis hermanas. Las obligaron a desnudarse en frente de nosotros mientras ellos se reían y hacían silbidos obscenos con los dientes.

—Aunque las muchachas luchaban, pateaban y rasguñaban, eso sólo provocaba más a los comemierdas. Tomaron turnos forzándolas a que se arrodillaran frente a ellos. Las obligaron a chuparles la pinga, gritando obscenamente '¡Más! ¡Más!'

—Pero hicieron más que eso. Las violaron. Cuando los marranos de mierda se cansaron, como animales, se dirigieron a la mesa y se comieron lo que había ahí. Entonces se fueron.

Néstor comenzó a ahogarse, pero recobró la voz en momentos. —A veces me siento mal porque abandoné a mi madre y a mis hermanas para venir aquí, pero no podía encontrar ninguna manera de hacer pagar a esos animales por lo que nos hicieron. Aquí tengo la oportunidad de buscar y encontrarlos. Cada vez que los compañeros capturan a algunos, yo soy el primero que los investiga.

—Ya sé que crees que es imposible que encuentre a esos soldados. ¿No es cierto? Bueno, compañero, te voy a decir que si eso piensas, te equivocas. Recuerdo que uno de ellos tenía una cicatriz que le cruzaba la cara de oreja a nariz. ¡Reconocería la cara de ése hasta en la medianoche! Tarde o temprano aparecerá.

Bernabé calló; estaba tan conmovido que no sabía qué decir. Se dio cuenta, sin embargo, que él y Nestor serían camaradas para siempre. En los dos días que le tomó al grupo llegar a los cuarteles, Néstor y Bernabé siguieron conversando, cada vez profundizando más su amistad. El viaje fue lento por lo numeroso de la banda y la escasez de comida, pero cuando llegaron los dos jóvenes estaban contentos a pesar de la fatiga y el hambre.

Al entrar al pequeño pueblo provisional, a Bernabé le sorprendió al ver las viviendas. Las casas, chozas y refugios habían sido labrados en la espesa selva tropical, y aunque las casas eran pequeñas, eran fuertes y proporcionaban abrigo y seguridad.

Ahora Bernabé sentía menos dolor en su mano, y aún llevaba su sotana rota y embarrada de lodo cuando los guerrilleros que los esperaban les dieron una bienvenida ruidosa. Todos agitaban las manos, gritando, "¡Bienvenidos! ¡Bienvenidos!," y había mujeres afuera de cada choza con utensilios de cocina preparados para servirles comida.

Bernabé, que venía muerto de hambre, sintió que la boca se le hacía agua viendo tantas parrillas amontonadas con pupusas y otros alimentos. Notó, con más interés aún, que las mujeres estaban armadas, y que cada una tenía un arma cuidadosamente reclinada contra una bañera oxidada, el tronco de un árbol o cualquier otro lugar cercano. También vio que cada mujer, sin importar la edad, llevaba una bandolera cargada de municiones. Pensó en su mamá, y trató de imaginársela vestida como estas mujeres, y se sorprendió al parecerle fácil verla entre ellas.

"Aquí estarías bien, madre, dándome la bienvenida a mí y a las otras personas. Llevarías uno de esos sombreros grandes, y te gustaría la correa de municiones que todo el mundo lleva. Tendrías los brazos cruzados sobre tu pecho, y tus pies plantados en el suelo como si le indicaras a todos que eres capaz de ser una persona peligrosa. Sí, mamá. ¡Serías una buena guerrillera!"

Bernabé se dio cuenta que sonreía al pensar esto, pero cuando miró a su alrededor, sintió que la confusión y el miedo se apoderaban de él otra vez. Cuando cayó la noche, le mostraron dónde debía dormir. Ahí, un joven le mostró el catre que le serviría de cama, diciéndole que pronto se iría, pero que mientras, le ayudaría con gusto. Bernabé agradeció las buenas maneras del joven y le preguntó su nombre.

—Arturo Escutia, fue la respuesta.

A la mañana siguiente, cuando Bernabé se despertó, notó que el joven se había ido. De pronto se preguntó por qué Arturo Escutia no le habría preguntado a él su nombre. Pero no se pudo imaginar la razón, y encogiéndose de hombros, ni siquiera pensó en el joven otra vez.

III

"*Aquí nadie me ha preguntado mi nombre, madre. Cuando llegué pensaron que era sacerdote por la sotana y desde entonces, me conocen como el Cura. Bueno, no pude hacer nada sino aceptar mi nuevo nombre, al igual que el resto de los compañeros, sobre todo los jefes, quienes se llaman el Gato, el Cirilo, el Pájaro, el Chato y otros nombres como éstos. La Pintada, la Nena, la Doctora; así se llaman las mujeres. Valió la pena permitirles que me llamaran por otro nombre porque les probé a los compañeros que era uno de ellos. Sé que los guerrilleros han hecho de mí uno de ellos, aunque no haya pasado mi vida entre campesinos como ellos.*"

"*Todavía me siento ajeno, especialmente porque nadie sabe que me enredé con ellos solamente porque estaba confundido y lleno de miedo. Lo único que quería era llegar a ser sacerdote.*"

Bernabé le hablaba a su mamá como si estuviera con él. Se preocupaba por ella constantemente, y sus temores aumentaban al comprender que había atravesado el punto sin retorno cuando siguió a la gente hacia las montañas. Había espías, aun entre los rangos de guerrilleros. Les llamaban orejas.

"*Si vuelvo a la ciudad, y a ti, los espías me encontrarán. Como perros, lo huelen todo. Me arrestarán y me matarán, a lo mejor hasta a ti te matan. Lo único que siempre quise fue ayudar a la gente con mi ministerio. Ahora temo que me forzarán hasta a matar a la gente, madre. Mis temores me dan vergüenza.*"

Ante los ojos de todos, Bernabé se había convertido en guerrillero aunque nadie sabía que sentía desesperación constantemente. Por la noche, sus temores se apoderaban de él, quitándole el sueño, y al cabo de unas pocas semanas, esas noches de insomnio empezaron a dejar su marca. Enflaqueció hasta quedar en pura piel y músculo, y la cara se le endureció, envejeciéndolo.

Bernabé sabía que era diferente y batallaba con esto, sabiendo que lo aislaba del resto de sus compañeros. Se esforzaba en llegar a ser como ellos, hombres y mujeres endurecidos, acostumbrados a la amargura del dolor y de la muerte. Pero aunque luchaba consigo mismo, no podía cambiar. Odiaba las maneras groseras en que vivían sus compañeros. El estómago se le revolvía con la peste de los excusados improvisados, y lo atormentaban las nubes de mosquitos que lo picaban noche y día. Se avergonzaba cuando tenía que bañarse desnudo enfrente de las mujeres de la banda, y le daba vergüenza admitir que se sentía perturbado al presenciar intimidades entre hombres y mujeres.

"*No soy como ellos. Y tú me hiciste de esta manera, madre. No sé lo que es ser despojado de mi tierra, o ver a mis hermanas violadas como las de Néstor, o ver quemar y matar a criaturas. Por aquí, sólo hablan del Escuadrón, de ser torturados por agentes del gobierno. Yo ni siquiera he participado en una manifestación. Lo único que vi fue lo que pasó el día que enterraron al arzobispo.*"

Pasaron días y semanas y Bernabé por fin aprendió cómo hacerse guerrillero. Sintió orgullo mezclado con miedo cuando le dieron un arma y un cinturón de cartuchos. Sin mostrar su ignorancia, se cruzó la honda sobre el pecho, mientras agarraba el rifle con dificultad, puesto que la herida en la mano todavía le dolía. Se cuadró rígidamente en atención, los pies juntos y las rodillas inmóviles. Entonces arqueó la espalda y mantuvo la cabeza lo más hacia atrás posible, tal como había visto hacer a los soldados en las esquinas y plazas de San Salvador.

La disciplina del entrenamiento guerrillero fue difícil para Bernabé, especialmente al principio. Los nuevos reclutas, hombres y mujeres, se despertaban a las cuatro de la mañana. A esa hora les daban unos minutos para vestirse y lavarse la cara antes de reunirse con el grupo para el desayuno de tortillas y café. El entrenamiento del día seguía inmediatamente.

Los principiantes se dividían en grupos de ocho o diez hombres y mujeres, dirigidos por un cabecilla veterano que les enseñaba lo básico. Estos ejercicios eran intensivos, provocando a los recién llegados cansancio y dolor. Entre otras cosas, el entrenamiento incluía horas de marcha; a veces los pies le sangraban por tantas ampollas causadas por las botas. En su fatiga después de cada día, Bernabé planeaba abandonar al grupo y correr riesgos en la ciudad, aunque tuviera que exponerse a la posibilidad de tortura o de muerte. Cada mañana, sin embargo, renovaba su decisión de seguir con la fuerza.

Empezó a fascinarle la disciplina de los guerrilleros. Le gustó cómo aprendía tácticas de matar sin armas, cómo disparar por detrás de rocas, o cómo colgar de las ramas de un árbol en acción de espera. Se sintió más seguro cuando se le enseñó cómo estar listo, aguardando en la oscuridad para sorprender al enemigo desprevenido. Bernabé fue uno de los mejores en aprender cómo fabricar un arma con lo que se tuviera a mano, ya que las armas de fuego no estaban siempre disponibles. Se amaestró en convertir una lata en herramienta filosa, y transformar un palo común en instrumento mortal. Y sobretodo, le gustó que lo prepararan para morir solo.

Bernabé y los otros principiantes entrenaron por un mes, entonces los líderes del grupo decidieron que ya era tiempo de

NORTHLAKE PUBLIC LIBRARY DIST.
231 N. WOLF ROAD

sacarlos del cuartel y dirigirlos hacia el norte, rumbo al río Sumpul que separa El Salvador de Honduras. Se dio la orden de que veintisiete de ellos se prepararan a marchar al amanecer del día siguiente.

Bernabé no pudo dormir esa noche. Cuando el Chato vino a despertarlo, ya había dejado el catre y estaba poniéndose los pantalones. Se puso la ropa que le habían dado a su llegada: pantalones vaqueros viejos, una camisa de algodón desteñida, botas de artillería y un sombrero panamá. La chaqueta le había pertenecido a un soldado de gobierno, y cuando Bernabé la recibió todavía llevaba las insignias de cabo y el nombre del soldado. Le quitó los emblemas a la chaqueta antes de ponérsela porque temía que le trajeran mala suerte. Las manchas descoloridas, sin embargo, no se habían borrado.

—¿Listo?

La voz del Chato estaba sosegada pero clara.

—Sí, estoy listo.

A la señal del Gato, empezó la marcha hacia el norte, y las primeras horas del trecho pasaron tranquilamente y sin novedad. El silencio prevalecía, y lo único que se oía era el crujir de ramas y hojas bajo las botas de los compañeros. Después de unas horas, uno de los exploradores regresó a reportar que había un grupo de civiles al lado del río, aparentemente con la intención de cruzar hacia Honduras. Sin titubear, el Gato le ordenó a la banda que se uniera a todas las personas a quienes pudieran ayudar.

Al acercarse, los guerrilleros se detuvieron en una cresta que les daba una vista amplia del panorama. Bernabé se sorprendió de lo que veía. Había cuatro o cinco mil hombres, mujeres y niños de todas las edades que se apiñaban por todas partes. Muchos eran ancianos. Algunos cojeaban en bastones o muletas improvisadas, o se reclinaban contra otros. Vio que mujeres, y aun niños, llevaban recién nacidos en brazos; muchos jóvenes iban solos. Bernabé alcanzó a ver que muchas de las mujeres estaban embarazadas, y los hombres, aun los fuertes, parecían estar perdidos, descorazonados y agobiados por una carga invisible.

A Bernabé le sorprendió ver tanta gente. Desde donde estaba, podía determinar que la mayoría de ellos ya estaba a la orilla del río tratando de cruzarlo. Se fijó que no había barcos ni canoas ni balsas con que atravesar los puntos más hondos del río, o sus corrientes traicioneras. Cualquiera podía darse cuenta de que si los refugiados querían llegar al otro lado, tendrían que vadear el río nadando o encontrando los puntos menos profundos.

El pánico empezó a apoderarse de Bernabé y le comenzó a doler la cabeza. Cerró los ojos esperando que la visión se disipara, que cuando abriera los ojos el espejismo hubiera desaparecido. Pero cuando miró de nuevo, ahí estaba la gente, zumbando como mosquitos, derritiéndose en una enorme mancha color café, azulinegra. Tenía miedo, y se sentía confundido, y se maldijo por haberse dejado caer en esa trampa.

De repente, irrumpieron helicópteros del ejército, proyectando largas sombras sobre la muchedumbre, precipitándose cada vez más bajo. La gente comenzó a gritar, corriendo de lado a lado como locos, frenéticamente, queriendo protegerse de los tiros del aire que repentinamente y al azar hacían blanco en la gente. Las hélices de los helicópteros chupaban el aire, rasgando el pelo y la ropa de los refugiados, mientras los zumbidos les ensordecían los oídos a sus propios gritos de terror.

Cuando el ataque comenzó, el Gato le ordenó a su gente que retrocediera, pero la mayoría de ellos, con pánico, corrió sin ningún orden. En su confusión, Bernabé se separó del grupo principal, cayendo y revolcándose en los matorrales, queriendo escapar, pero equivocándose cada vez que tomaba rumbo. Zigzagueó en varias direcciones, volviendo sobre sus pasos, perdiendo el equilibrio, cayéndose. Tropezaba con árboles y chocaba contra la maleza. Entonces perdió el rifle y su sombrero, y las manos y la cara le empezaron a sangrar por las heridas y cortadas. Se cayó otra vez, esta vez en un hueco en la tierra, y al hundírsele los dedos de la mano herida en el fango volcánico, el dolor le relampagueó por el brazo; un grito espeluznante se le escapó. Por fin pudo sacar los pies del lodo que lo había atrapado y corrió, no en sentido opuesto de los helicópteros y de la gente aterrada, sino por error, directamente hacia ellos.

La mayoría de los fugitivos había podido esconderse detrás de rocas y matorrales, pero algunos fueron sorprendidos y se encontraban sin escape posible. Aquéllos que estaban a medio río cuando el ataque comenzó, fueron los primeros en caer. Según les disparaban, los cuerpos se deslizaban como maniquíes o muñecas de trapo, cayendo de cabeza en los remolinos del Sumpul. Otros fueron despedazados por los helicópteros que zumbaban desde lo alto, o por el fuego de las ametralladoras de los soldados que para este entonces ya habían salido del chaparral, disparando al azar.

Fue en esta matanza cuando Bernabé, confundido y desorientado, había tropezado. Cuando se dio cuenta de lo que había hecho, trató de regresar, pero el vaivén de los cuerpos le hacía el escape imposible. Lo tumbaron, y aunque quiso incorporarse varias veces, se lo impidieron. Por fin dejó de resistir y dobló las piernas, haciéndose rosca, como pelota, mientras los cuerpos caían sobre él. Aunque se tapó los ojos con la manos enlodadas, alcanzó a ver por entre los dedos un niño, cargado en los brazos de su madre, destrozado por un pedazo de metralla. Esto ocurrió tan rápidamente que la misma mujer no se dio cuenta de lo que había sucedido. Cuerpos y pedazos de cuerpos se amontonaban encima de Bernabé, y convencido de que lo enterrarían vivo si no se movía, se puso de pie gritando.

—Mamá, ¡Ayúdame!

Pidiendo la ayuda de su madre, Bernabé saltó hacia al río. Su lance inesperado sorprendió a los soldados, aturdiéndolos y ganándole los pocos segundos que necesitaba para escapar. Confundidos por su repentina presencia, los militares lo miraron boquiabiertos en vez de dispararle.

Como sonámbulo, Bernabé corría con los brazos rígidamente extendidos hacia adelante. El cabello, embadurnado de sangre y lodo, se le entiesó como aureola grifa, dándole un semblante terrible. Chillaba mientras corría, y sus alaridos no parecían humanos; eran como el aullido de un animal.

Bernabé huía hacia el río, y su extraña apariencia desató a los refugiados, porque creyeron que sabía el camino, y que los mandaba a seguirlo a través del río hacia Honduras, y a la libertad. Ellos también empezaron a gritar con desafío, tambaleándose al seguirlo. Hombres, mujeres y niños se lanzaron, indiferentes a los helicópteros que revoloteaban allá arriba como alacranes voladores.

Avanzando, el gentío pisoteaba a los soldados aún despistados por la visión del fantasma aullante que había resucitado de entre los muertos. Todo el mundo corría hacia adelante con los brazos extendidos rígidamente mientras gritaban y se esforzaban por llegar al otro lado del río. Seguían a Bernabé porque veían que sus pies encontraban el camino más llano y más seguro al cruzar. Dondequiera que él pisaba, las aguas coloradas del Sumpul bajaban, dejandover piedras lisas sobre las cuales podían correr.

Jadeante, impulsado por el terror, con el pecho desgarrado de dolor, Bernabé siguió corriendo aunque ya había cruzado al otro lado del río. No sabía en qué rumbo iba, pero no le importaba porque su cuerpo estaba a cargo, ordenándole que continuara.

Los soldados, sin poder cruzar el río, permanecieron bobos, con las armas caídas y colgando de las manos. Se dirigieron al comandante para recibir órdenes, pero el oficial sólo hacía gestos obscenos hacia el otro lado del río. Los helicópteros bailaban en el aire tenebroso, incapaces de cruzar dentro del espacio extranjero.

Ya en Honduras, nadie supo por cuánto tiempo ni qué tan lejos se había desbandado la gente antes de disminuir su marcha. Bernabé, con el cuerpo casi doblado en dos, titubeaba y tropezaba a cada paso, arrastrando los pies, virando torpemente como si estuviera borracho. Los brazos le colgaban flácidamente, la cabeza le bamboleaba grotescamente. Había pasado más de una hora antes de darse cuenta de que lo seguían centenares de hombres y mujeres. Esto sería lo último que recordaría, porque no importaba cuánto se esforzaba por enfocar en lo que veía, los objetos y los colores comenzaban a confundirse hasta que sólo hubo una oscuridad espesa.

Al despertarse, Bernabé se hallaba en una choza humilde con dos mujeres que lo atendían. Trabajaban en silencio. Una le sobaba los brazos y el pecho con un paño húmedo, la otra le preparaba comida en un bracero puesto en el suelo.

—Señoras...

Su voz estaba aguda y sonaba entrecortada. Las mujeres asintieron con la cabeza, pero permanecieron calladas. Bernabé se recostó sobre el tapete, tratando de reconstruir lo que le había sucedido, pero sólo recordaba que había perdido el conocimiento después de cruzar el río.

—Señoras, ¿están todos bien?

—Si, hijo, la mayoría. Gracias a Dios y a ti.

—¿Dónde estamos? ¿He estado aquí por mucho tiempo?

—Estamos en Mesa Grande. Has estado en el otro mundo por tres días llamando a tu mamá. Muchas veces susurrabas: '¿Mamá, mamá, dónde estas?' No podías oír su respuesta y gritabas que tenías miedo. Como ves, ella respondió a tus llamadas. Te ha traído aquí junto a nosotras.

IV

Más que ningún otro Delcano, Lucio se distinguía por su piel blanca, sus ojos azules, y su pelo de tono tan claro que a menudo parecía dorado. Era a causa de su apariencia que se conocía como el ángel. Tenía treinta y ocho años; era alto, delgado y musculoso. Tenía la nariz larga y frente amplia, lo que la gente tomaba como señal de inteligencia. Tenía labios rectos y angostos que subrayaban la bien conocida arrogancia de su familia. Como muchos de los otros Delcano, Lucio era todo un éxito. Era coronel, así como un alto y destacado oficial en el sector de la Inteligencia Militar.

Las pocas personas que pensaban que lo conocían bien, creían que la vida militar era su único interés en la vida. Desconocido para todos, sin embargo, el lado público del coronel se empequeñecía ante su intensa obsesión de pensar. Cuando estaba en ese humor, sus pensamientos secretos eran más reales para él que cualquier otra cosa. Nadie se daba cuenta de que sus meditaciones y monólogos lo preocupaban más que sus hazañas militares, o el poder que había acumulado con los años.

Estaba sentado en su escritorio sobre el cual había documentos oficiales, y un teléfono rojo. Esta línea lo unía directamente con las oficinas presidenciales, y raramente se le escapaba de la mente al Coronel Delcano que pocas personas disfrutaban de ese privilegio. Lucio había estado mirando por la ventana, absorto y perdido en sus pensamientos, cuando giró abruptamente la silla para ojear los documentos.

Uno de esos papeles le causaba irritación porque comunicaba que ayer en el Río Sumpul, una sección del batallón había sorprendido a centenares de campesinos que se escapaban hacia Honduras. Los soldados, acompañados por helicópteros, habían tropezado con los rebeldes por casualidad, y lo que exasperaba ahora al Coronel Delcano era que los esfuerzos militares de interrumpir la maniobra habían fracasado. Los soldados habían logrado detener unos doscientos de ellos, pero el resto, estimado entre setecientas y mil doscientas personas, habían podido atravesar el río.

Delcano entiesó la quijada expresando su disgusto. Se daba cuenta de que su reputación como militar e investigador era impecable, y que un incidente tan trivial como el del Sumpul no lo dañaría. Sin embargo, lo irritaba. Su batallón tenía equipo superior, sus soldados eran los mejor entrenados, la información que almacenaba era la más acertada. Pero, ¡ahora ésto!

Suspiró, enderezando aún más la espalda; estaba pensando qué hacer. Después de meditarlo brevemente, decidió no permitir que los rebeldes se burlaran de él. Ensayó cómo iba a proceder en su investigación, sabiendo que alguien tendría que pagar por la estupidez ocurrida en el Río Sumpul.

El coronel volvió la mirada hacia la ventana, perdiéndose una vez más en el laberinto de sus pensamientos. Poniendo al lado los eventos del Sumpul, se concentró en imágenes de su vida pasada. Como lo hacía a menudo, trató de recordar algún detalle, aun insignificante, del día en que su madre lo había vendido. Tenía solamente unos pocos días de nacido cuando ella lo había entregado a los Delcano. Su tía Hortensia había autentificado la historia muchas veces, grabándosela en la memoria, asombrándolo sin cesar, llenándolo de dudas.

"Al principio, Hortensia dijo que mi madre era una oportunista miserable de España que pretendía poderse arrimar a la familia al tener un hijo de los Delcano. Cuando le dijeron que nunca podría casarse con un Delcano, pronto cambió de tono. El patriarca nunca permitiría tal matrimonio."

"Nunca creí ese cuento de Hortensia. Había muchas preguntas sin respuestas. ¿Por qué me abandonó mi madre? ¿Lo hizo sólo por dinero? ¿O fue por algo que creyó que yo era? Tuvo que haber creído que yo era una porquería, de otro modo habría luchado hasta con tigres por mantenerme a su lado. No, nunca pude creer esas mentiras de Hortensia. Seguramente, tendría que haber otra razón por la cual mi madre me abandonó."

La vida de Lucio había sido solitaria a pesar de que la familia siempre procuró que recibiera lo que necesitaba. Había asistido a las mejores escuelas de San Salvador, y cuando cumplió los dieciocho años, se había matriculado en la Academia Militar Norteamericana, dónde no sólo aprendió a planear y a llevar a cabo batallas, sino también a perfeccionar el inglés.

Delcano siempre se había sentido vacío cuando era niño a pesar de todo lo que había recibido. Cuando llegó a la edad de montar, le compraron un caballo, y más tarde cuando era un jovencito, le ofrecieron un flamante carro nuevo. Pero nunca había recibido lo que más ansiaba: el amor de su madre.

Lucio acabó siendo el único heredero de los Delcano porque a pesar de tantos hijos y nietos del viejo, la familia había sido víctima de catástrofes, y por lo tanto, Lucio se quedó como el único superviviente. El niño que más había prometido, el hijo de Anastasio, murió ahogado con un hueso de pollo cuando tenía quince años. De los tres hijos de Ricarda, todos habían salido idiotas, incapaces de cuidarse a sí mismos. Los hijos de Domitila habían desaparecido y nadie sabía de su paradero. Damián se había casado con una flaca nerviosa que parecía haber sido víctima de mal de ojo, ya que cada embarazo terminaba en un aborto. Al fin quedó Lucio, y Hortensia, que nunca se casó, se ocupó de criarlo.

Desde el principio, la familia sabía quién era el padre del niño, así que le pusieron el nombre del viejo. Sin embargo, Damián y Hortensia obligaron a todos los hermanos a hacer un pacto en el cual se comprometieron a nunca decirle al chico que era en verdad uno de los hermanos. Y fue así que Lucio pasó sus primeros años creyendo que era nieto.

"Hortensia siempre se portaba como si fuera mi madre. Pero sólo hacía el papel para que los otros pensaran que era buena y que se había sacrificado por mí. Pero la verdad era que lo que quería hacer era ocultar lo que me hacía a escondidas."

"¿Cuándo comenzó todo? Mi primera memoria del incidente fue cuando tenía unos cuatro años. Estaba en la cama y ella me metía la mano dentro de los calzoncillos, sobándome y apretándome, mientras le salían chasquidos asquerosos del gaznate".

"Hortensia me hizo esto hasta que cumplí catorce años. Luego, una noche en que me invitó a ir a su cama, descubrí que quería algo más. Me sentí mal, y aunque estaba confundido, no hice lo que ella quería porque por primera vez en mi vida no le tuve miedo. Nada me obligaría a penetrar su cuerpo. Así que empecé a zafarme."

"Entonces fue cuando me detuvo, oprimiendo y apretándome el pene hasta el momento en que supe que si no me dejaba, me desmayaría o moriría del dolor. La cogí por el cuello, mis dedos se le hundieron en la garganta, y le apreté lo más que pude. Se le saltaron los ojos, la piel se le amorató y la lengua le convulsaba horriblemente en la boca."

"Hortensia era fuerte y pudo empujarme de la cama y romperme una lámpara en la cabeza. Sentí que todo se ponía negro cuando caí al piso, pero cuando vi que me iba a pegar otra vez, agarré la bacinilla que estaba debajo de su cama. ¡Hortensia nunca esperaba que su propia mierda le aterrizara en la cara!"

El teléfono del Coronel sonó, asustándolo. Le dio una ojeada a sus manos y vio que estaban tiesas, rígidamente aplanadas en el escritorio, y las yemas de los dedos blancuzcas de la presión. Despegó una mano para contestar el teléfono.

—Dígame.

—Coronel Delcano, nos han avisado que muchos de los sublevados que trataban de llegar a Honduras ayer han regresado. No han podido llegar de vuelta a la capital. Algunos llegaron tan lejos como La Libertad.

—¿Por qué vuelven?

—Señor, lamentablemente, muchos de ellos se les escaparon a nuestros hombres. Pero puesto que no pudieron atravesar la frontera, están regresando. Vienen en esta dirección. Parece que aunque hubo muchos heridos, todavía pueden moverse. Nuestros reportes indican que la mayoría de los traidores han sido recogidos por agitadores extranjeros y fanáticos religiosos, así como por otros tipos civiles; en su mayoría gringos. Lo peor de la situación es que los traidores que trataron de cruzar el Río Sumpul andan diciéndole a todo el mundo que fueron emboscados a la mala por soldados del gobierno, y que los masacraron como si hubieran sido ganado.

Ahora Lucio Delcano tenía que dar frente al problema de testigos. No le gustaba el trabajo sucio, y le disgustaban particularmente las complicaciones.

—¿Qué estaba haciendo nuestra gente? ¿Cómo se puede explicar que campesinos indefensos se les hayan escapado a nuestros soldados?

Su voz sonaba aguda, empapada de frustración y sarcasmo. Esperaba una respuesta, pero la voz al otro lado del teléfono era débil; titubeaba.

—Lo siento, Coronel.

—¡Quiero los nombres de los oficiales a cargo de las escaramuzas de ayer. También quiero el nombre de esos extranjeros entremetidos. No me importa qué ni quiénes sean. Monjas, obreros, rameras, lo que sean, y quienes sean. ¡Quiero sus nombres, y quiero esa información pronto!

El Coronel Delcano colgó de nuevo el teléfono. La palabra ramera había evocado otra vez la imagen de Hortensia. Y también la de su tío Damián Delcano, quien nunca había abandonado el hogar familiar, aún después de haberse casado. Sin embargo, había guardado silencio sobre casi todo, y siempre le daba la razón a su hermana tocante a cualquier asunto: el dinero, la estancia, los obreros y, especialmente, la crianza de Lucio.

"Siempre me daba lástima Damián, sobre todo porque le tenía miedo a Hortensia. Tampoco tenía suerte, principalmente porque no se parecía a sus hermanos ni a sus hermanas. A causa de esto, la gente se reía de él. Se burlaban porque era gordo y calvo, y porque se arrastraba como chango viejo. Pero era gentil, y trataba de ayudar a los otros, aun a aquellos que se burlaban de él y no lo comprendían.

"Me gustaba Damián, quizás hasta lo amaba porque trató de ser un padre para mí. La mayoría del tiempo ni nos hablábamos, pero me daba cuenta de que de alguna manera él sabia lo que pasaba dentro de mi. Por la noche era él el que me acostaba. Todas las noches, me besaba la frente y me decía: 'Buenas noches, hijo.' Y cuando no estaba en la escuela, me permitía permanecer a su lado mientras hacía sus cosas. Me gustaba estar con él. Pero los dos sabíamos que había otra razón por la cual me mantenía a su lado.

"'Tío, ¿cuál de tus hermanos era mi papá?'

"'El tercero. Murió muy joven.'

"'¿Cómo se llamaba?'

"'Igual que tú.'

"'Pero siempre he creído que me habían dado el nombre de mi abuelo.'

"'Mi hermano también se llamaba Lucio, y puesto que le pusieron el nombre de su padre, puedes decir que tú también llevas el nombre de tu abuelo.'

"'Pero...'

"'¡Calla Lucio! Me estás dando dolor de cabeza. Tú llevas el nombre de tu padre y de tu abuelo. Acéptalo y eso es todo por hoy.'

"'Pero, tío, si mi padre era el tercero de los mayores y murió joven, ¿cómo podía haberme engendrado? Siempre me has dicho que soy el más joven de todos los Delcano. ¿Y qué de mi madre? ¿Dice la verdad Hortensia? ¿Es verdad que fui vendido por mi mamá?'

"Damián nunca me contestó esa pregunta. Pero de todas formas lo quería, especialmente porque me daba cuenta que su hermana lo odiaba. Hortensia le gustaba hacer sentir mal a Damián, especialmente delante de su esposa y los criados, sobre todo cuando se emborrachaba. Le ponía nombres de animales y divulgaba cosas conyugales sobre él y su esposa. Pero mi tío permanecía callado, no tenía palabras para Hortensia. Yo quería que se defendiera, y rezaba que algún día la golpeara, pero nunca lo hizo y me di cuenta por qué. Damián también pensaba sobre sí mismo que era una porquería, así como yo lo creía de mí mismo.

"Recuerdo la noche en que Hortensia decidió desquitarse de mí después que le tiré la mierda en la cara. Habíamos acabado de cenar y estaba borracha. La esposa de Damián había salido del comedor. Creo que había presentido lo que venía. Mi tío, sin embargo, se quedó, y yo me quedé con él.

"Entonces Hortensia comenzó. Las palabras que vomitó esa noche cambiaron mi vida. Me torcieron el alma esas palabras, haciendo que me odiara a mí mismo más que nunca. Damián le rogó que se callara, pero ella estaba determinada a revelarlo todo.

"'Tú no eres mi sobrino' me gritó. '¡Eres mi hermano!'

"Hortensia abrió la boca para dejar salir todo su odio contra mí. '¡Eres el crío de una madre cochina quien salió de una camada de esclavos africanos, animales envilecidos en lo sucio, fornicando y engendrando sin saber quiénes ni qué son! ¡Podrás parecer un ángel, pero por dentro no eres más que un diablo negro! ¡No te engañes! ¡Gusano vil, ya era hora de que supieras que tu madre era igualita a ti! ¡Una pervertida! ¡Sí! ¡Sí! ¡Sí! ¡Estás oyendo mis palabras como debieras haberlas oído hace mucho tiempo! ¡Tu madre fornicó con su propio abuelo!

"'¡Y acuérdate de esto, pedazo de mierda de burro! ¡Recuerda que naciste en una choza mugrienta con sólo un piso de tierra! ¡Ahí fue dónde tu madre te sacó de su barriga! ¡En la suciedad mugrosa y pelada! ¡Así que no te enorgullezcas! ¡No creas la basura de que eres ángel ni por un minuto!

"'¿Por qué te separó mi familia de tu puta madre? Porque no podíamos tolerar que presumiera de haber parido a un Delcano. ¡Ésa es la razón! Fue fácil, todo lo que tuvimos que hacer fue resonarle algunos colones en el oído y eso fue todo; nunca la volvimos a ver. ¡Ajá! ¡El dinero! ¡Es mágico!

"'¿Y dónde está tu madre ahora? Bueno, te haré el favor de decirte que es una criada común en una de las casas de Escalón. Ahí tienes la verdad para que te la chupes y te la tragues. Eres libre de frecuentar ese vecindario rico cuando quieras. Puedes ir a adivinar cuál en esa multitud de rameras prietas que ahí trabaja es tu madre.

"'Y ahora mi angelito, a ver si puedes adivinar lo siguiente: ¿Qué eres tú de mí? ¿Eres mi hermano o mi sobrino? Pero, espérate antes de contestar. Piensa, ¿Qué eres de ti mismo? ¡Pues yo creo que eres tu propio hermano y biznieto al mismo tiempo! ¡Ja! ¡Ja! ¡Ja! ¿No te parece chistoso, mi angelito? Para mí lo es. Sólo verte me da risa porque estás torcido como el miserable gusano que eres. ¡Estás deformado! ¡Eres un aborto que trae el culo donde debería estar la cabeza!

"'¡Monstruo!'

"Como víbora, Hortensia silbó la palabra, dándole puñetazos a la mesa, y los porrazos resonaban en las paredes, agrietándome por dentro. No me podía mover; estaba clavado a la silla. Pero sus palabras me cautivaban aunque su odio obsceno me desgarraba el corazón. ¡Y yo lo creí todo! Lo creí, no porque quería creerlo, sino porque estaba oyendo la verdad. Lo acepté todo porque en lo que gritaba Hortensia no había *contradicciones para mí, como las había en las tontas y mal hechas explicaciones de Damián. Le creí porque me di cuenta de la razón por la cual siempre sentí que no era nada. Era un Delcano, pero estaba deformado, retorcido.*

"Cuando miré a Damián, vi que temblaba, y que sus manos se estremecían como si fuera un anciano. ¿Y yo? Sólo pude clavar la mirada en Hortensia. No podía llorar, no podía decir nada. Pero cuando vi que la boca se le empezaba a torcer, y que las mejillas le temblaban, comprendí por primera vez que algo en mí le daba miedo. Así que no le quité la vista hasta que ella bajó los ojos. Después de esto los cerró."

"De repente, sentí que ya no estaba pegado a la silla. Me levanté y caminé hacia la oscuridad hasta llegar a mi cuarto, dónde permanecí con los ojos abiertos hasta que todo se hizo oscuro, y perdí el conocimiento. Entonces, por primera vez, tuve la pesadilla.

"En ese sueño, siempre soy un bicho torcido, horroroso. Mis extremidades están despedazadas, y las partes mal puestas. Las piernas están dónde debían estar los brazos; me salen de los hombros. Los brazos los tengo allá abajo, dónde debía tener los pies. Los testículos están por la cabeza. Soy en verdad un monstruo.

"Al siguiente día me di cuenta que Damián y su esposa se habían marchado. Nunca más los vi, y me quedé para odiar a Hortensia en aquella soledad. Solía pasar horas mirando el retrato del viejo abuelo, aquél que siempre había colgado en la sala desde que me acordaba. Nunca me había fijado en esa imagen, pero ahora me sentaba y la miraba hasta que me dolían los ojos porque ahora ya sabía que no era mi abuelo. ¡Era mi padre! Veía esa barriga enorme, esa barbilla llena de pellejos, y muy adentro me decía que así era cuando mi madre y él me engendraron.

"Después de eso, cuando Hortensia me llamaba, usaba una palabra: ¡Monstruo! Pero nunca más le dirigí la palabra. ¡Nunca!

"Una noche Hortensia estaba en uno de sus arrebatos de borrachera. Podía oírla en la cocina, tropezando con sillas, rompiendo platos y vasos, mientras maldecía y murmuraba. De momento, se oyó un golpazo, seguido de un ruido que sonó como un saco de harina que cae de un estante. Entonces silencio.

"Los sirvientes se asustaron porque sabían que algo había pasado. Uno de ellos vino a mi cuarto a decirme que Hortensia se había caído de las escaleras del sótano. Corrí tan rápido como pude, deseando con toda mi alma que estuviera herida; tal vez muerta. Cuando llegué, la encontré desparramada al pie de la escalera, y me di cuenta de que no podía mover las piernas. Me miró con odio.

"'¡Sácame de aquí!'

"Esa fue la última vez que Hortensia me dirigió la palabra, pero no oí lo que dijo porque yo estaba escuchando otra cosa. Cerré la puerta con llave, y me la puse en el bolsillo donde nadie pudiera alcanzarla. Entonces, llamé a los sirvientes a la cocina. 'Vuelvan a sus cuartos y no regresen hasta que yo se los ordene.' Los gritos duraron tres días, haciéndose cada vez más lentos, hasta que por fin hubo silencio."

—¿Le duele la cabeza, Coronel Delcano?

Lucio, la cabeza hundida en las manos, no había oído a su subalterno tocar a la puerta y entrar en la oficina.

—No, no.

—Señor, estoy tratando de encontrar la información que usted quería pero...

—¿Información? ¿Cuál información?

—Pues, los nombres de los oficiales a cargo del incidente de ayer, y los nombres de los agitadores que ayudaron a los sublevados a cruzar el Río Sumpul. He podido conseguir algunos de los nombres que usted necesitaba. Aquí está la lista. Siento que no esté completa pero mañana me esforzaré en hacerlo.

—Sí, sí. Tráigamela tan pronto como sea posible.

—Es tarde ya, mi Coronel. ¿Debería quedarme para...?

Delcano interrumpió bruscamente al empleado. —Se quiere ir ¿verdad? ¿Para qué lo calla y no me lo dice claramente? ¡Lárguese! Lo esperaré aquí no más tarde de las ocho de la mañana, y quiero información detallada antes del mediodía.

El hombre desapareció tras la puerta. El cielo se oscurecía y pronto sería de noche, pero Delcano no encendió la lámpara, prefiriendo permanecer en tinieblas. Cuando la oscuridad lo obligó a encender la luz, miró el documento que el empleado había colocado en su escritorio. Mecanografiado en papel blanco, aparecía el nombre de uno de sus oficiales, identificado como el encargado de la escaramuza. Junto a ese nombre en una columna ordenada bajo el título de "Activistas", el Coronel Delcano leyó el nombre de varios extranjeros.

Seguía un breve reporte. Los activistas figuraban como agitadores y espías a quienes los sobrevivientes del incidente del Río Sumpul se dirigían en busca de protección, comida y ayuda. En la opinión del Coronel, lo peor del reporte era la declaración de que la gente ya se refería al incidente como la Masacre del Primero de Mayo.

Delcano tamborileó los dedos en la superficie pulida del escritorio. Testigos era lo que menos podía tolerar, y ahora el descuido del oficial había creado un problema potencialmente grave. Le dio media vuelta al reporte y lo colocó debajo del secante.

V

—Esta gente... ¿Quiénes son? La voz calculadora del Coronel Delcano interrogaba a su oficinista.

—Mi Coronel, sabemos que son principalmente extranjeros y fanáticos. Creo que algunos de ellos han estado aquí por mucho tiempo.

—¡Usted cree! ¡Usted cree! La voz del Coronel era un susurro ronco; estaba tirante, acentuando su irritación. —Quiero que haga algo más que creer. Quiero que me traiga la información exacta y precisa. Mientras tanto, haga pasar al teniente a cargo del incidente del Sumpul. Lo quiero aquí en mi oficina antes del anochecer. Eso será todo. Se puede retirar.

El empleado dejó la sala en silencio. Pocas personas tenían el valor de devolver la mirada vidriosa del Coronel Lucio Delcano, menos aún de intercambiar palabras con él. Su exigencia por datos exactos no era nada nuevo. Era un oficial de inteligencia temido, reputado por la manera estricta en que conducía las investigaciones. Desde su niñez, cuando le había exigido detalles sobre la familia a su tío Damián, se había hecho el hábito de coleccionar información. Su talento para descubrir material, para curiosear y sondar, se había perfeccionado durante su juventud cuando se había vuelto taciturno, cumplido y avaricioso para lo que otros tuvieran que contarle.

Lucio tendría unos catorce años cuando abandonó la casa ancestral de los Delcano, pero aún estaba lleno de rencor y de odio. Cuando entró a la academia militar estaba preparado, más allá de lo esperado, para emprender una nueva forma de vida. Se había adentrado en su carrera con venganza y retribución, y sus instrumentos primarios habían sido el espionaje y la información almacenada para usarla contra sus enemigos.

El cadete Delcano llegó a ser conocido por sus compañeros y profesores por su inteligencia, el dominio de sí mismo y la aparente ilimitada capacidad de saber y recordar detalles. Pronto aprendió el lugar de nacimiento de sus camaradas, la fecha de nacimiento y el nombre de cada uno de los miembros de sus familias. Se informó de cuáles dulces y colores les gustaban, y de sus películas favoritas. Lo que sus compañeros no sospechaban, era que al saber todo lo importante acerca de ellos, Lucio adquiría control sobre ellos.

Sus profesores pronto se percataron de la habilidad de Delcano para manipular circunstancias y personas, y no tardaron en usarlo para su propio beneficio. Cuando se convirtió en espía de sus propios compañeros, penetró en una profesión que con el tiempo lo llevaría a los niveles más altos del gobierno.

Después de haber satisfecho los cursos programados de la academia, habían mandado a Lucio a los Estados Unidos donde aprendió rápidamente. Llegó a ser competente en el idioma de los norteamericanos y en sus modales, sobresaliendo por su preocupación por el orden y la organización. De interés especial para él era el método de recoger, clasificar y catalogar información para un repaso ulterior.

Cuando volvió de los Estados Unidos, Lucio se destacó en la sección de pesquisas de inteligencia militar donde aplicó sus recién afinados talentos. Desde el principio, insistía en que el más mínimo detalle debía ser considerado importante y pertinente. Cada trocito de información tenía que ser rigurosamente dividido, subdividido, pasado por el colador, medido y guardado bajo un orden alfabético y numérico estricto.

Llegó a ser inestimable en la estructura militar, y sus medallas se multiplicaron no solamente porque era hijo de una casta privilegiada, sino también porque tenía talento y sangre fría, y su capacidad para trabajar parecía no tener límites.

Desde los primeros días en la inteligencia militar, y especialmente después de haber obtenido el rango de coronel, Lucio casi siempre se quedaba en su oficina hasta que anochecía, mucho después que su personal se había marchado al terminar el día. Era durante esas horas que leía y analizaba la información obtenida por sus agentes. Su fortaleza y capacidad de trabajo causaban admiración en los otros. Nadie sabía, sin embargo, que el sueño era una agonía intolerable para Lucio, y que temía dormir porque la pesadilla lo atacaba. Ninguno se imaginaba que el sagaz coronel sentía un terror infantil a la oscuridad, ni que era el insomnio crónico el que lo impulsaba a su eficiencia.

La oficina del Coronel Delcano era un centro de actividad. Era directamente a él a quien los cabecillas de los escuadrones de la muerte reportaban, y tantos otros que se ocupaban de la cuestión de asesinatos. Como resultado, los políticos y otros oficiales militares, tanto como jueces y abogados le tenían miedo al coronel de la cara de ángel, y al poder que ejercía. Todo el mundo sabía que las invitaciones a las comidas de alta sociedad, a las bodas y a los bautizos, que siempre incluían al Coronel Delcano, se hacían por miedo a su poderoso puesto.

Los de afuera de su círculo no eran los únicos en ser marcados por los dardos de Lucio ya que él aplicaba la eficiencia de su profesión a su vida personal también. Se acordaba de la primera pista que Hortensia le había dado, y que se convirtió en la búsqueda obsesiva de su madre: *"Es una criada común en una de las casas de Escalón."*

Desde el momento en que Lucio se había ido de la residencia ancestral, había utilizado cada momento de su tiempo libre tratando de encontrar a su madre. Tenía pocas pistas, casi nada en realidad, puesto que la sección rica de la ciudad tenía docenas de hogares, cada uno con una corte de sirvientes. Tenía que encontrar a una mujer en cientos, quizás en miles, que tuviera la misma descripción.

La búsqueda le tomó varios años, pero basado en una vaga descripción de su madre ofrecida por Damián, con el tiempo dio con el paradero de Luz. Era una muchacha de trece o catorce años cuando lo tuvo, Damián le había dicho a Lucio. Por lo tanto, calculó que su madre ahora tendría unos veintiocho años. También sabía que se llamaba Luz. Esto no sólo Damián lo había afirmado, sino Hortensia también. Recordaba haber oído que su madre tenía la piel muy oscura y los ojos grandes, y que era baja y algo gorda.

Aunque la descripción podría referirse a un sinnúmero de mujeres, Lucio continuó su búsqueda. Pasó horas, y aun meses y años sentado en las paradas de autobuses donde estudiaba a las mujeres. Por fin, concluyó que estaba buscando en el lugar equivocado porque con más probabilidad, su madre vivía en la casa donde trabajaba. Por lo tanto, no tendría necesidad de tomar autobuses, ni ninguna otra forma de transporte.

Lucio cambió su rumbo y comenzó a rondar los mercados. Acechaba las calles a diario, subiendo y bajando las Avenidas 8 y 10, el Mercado Cuarte, ese laberinto de puestos donde los sirvientes compran los alimentos del día, o ropa para sus amos. Lucio también frecuentaba el otro mercado, aquel situado en la calle Gerardo Barrios, detrás del Palacio Nacional. Este mercado siempre estaba lleno de criadas, vagos, pordioseros y perros callejeros.

Pasaba su tiempo mirándoles las caras a mujeres, esperando verse reflejado en una de ellas. Lucio pronto se hizo obvio, no solamente por su cara blanca y ropa fina, sino por la manera extraña de fijarse. La gente empezó a hablar del entrometido que iba de un puesto a otro, de una tienda a otra, preguntando si alguien conocía a una mujer llamada Luz.

Llegó el momento en que la gente anticipaba su pregunta y contestaba antes de que tuviera la oportunidad de abrir la boca.

—¡No, no conozco a ninguna mujer que se llame Luz!

Por fin, su persistencia fue premiada un día cuando se acercó al chofer de un carro elegante. El hombre estaba parado al lado del auto, de brazos cruzados en el pecho, esperando a sus pasajeros.

—Señor, perdóneme, pero ¿Acaso conoce a una señora que se llame Luz?

Cuando Lucio hizo la pregunta de siempre, el hombre pareció sorprendido. Tomó varios minutos antes de responder.

—¿Luz Delcano?

Lucio se quedó atónito. Sintió que la sangre le latía, golpeándole las venas. ¡Delcano! Nunca se había puesto a pensar cuál sería el apellido de su madre. Maldijo su estupidez. Palideció, y el hombre le preguntó si se sentía mal.

—¿Quiere sentarse un momento dentro del auto? Déjeme traerle un vaso de agua.

—No, no, gracias. Debe ser el calor, nada más, créame. Dígame más acerca de esta mujer, señor. ¿Dónde está ahora? ¿Dónde puedo encontrarla? ¿Cómo es ella? ¿Qué...

¡Un minuto, por favor!

El hombre alzó la mano, como si se cubriera de una lluvia de granizos invisibles. —Una pregunta a la vez, ¡por favor! Para comenzar, ¿quién es usted? ¿Y qué tiene que ver usted con Luz Delcano?

—Perdón, soy Lucio Hidalgo. Tengo un dinero de regalo que mi abuela dejó para la sirvienta Luz Delcano quien, que yo sepa, era criada de mi familia cuando era muy joven.

Mientras Lucio fabricaba sus mentiras, le puso una cantidad de dinero en la mano al chofer, quien sonrió con satisfacción aparente. —¡Gracias! Pero siento que ha llegado usted un poco tarde. Como verá, Luz se fue, hace por lo menos, un año.

Lucio no podía aceptar la casualidad de que después de haber dedicado cuatro años de su vida a su búsqueda, su madre se le fuera por los dedos. Presionó al hombre por más información.

—Dígame dónde puedo encontrarla. Vea usted, le prometí a mi abuelita antes de que muriera que encontraría a su antigua criada, y no puedo faltar a mi promesa. Por favor, dígame adónde ha ido Luz Delcano. O, si usted no sabe, dígame dónde puedo obtener más información sobre su paradero.

—Bueno, le voy a decir sólo porque usted me parece un joven honesto. Vea usted, Luz metió la pata. ¿Sabe lo que quiero decir? Pisó una de esas yerbas que ponen a las mujeres así de infladas. El hombre hizo gestos con las manos y los brazos para indicar un vientre hinchado. —Pues resultó que la planta fue resultado de una semilla plantada por el señor Grijalva, el amo de la casa. Así que cuando la señora lo supo, usted sabe...

La voz del hombre se esfumó, pero le brillaban los ojos de burla. —Cuando Luz salió de la casa, no había tenido la criatura todavía, pero oí decir por ahí que había tenido un chiquillo. Debe haber sido hace algunos meses.

Lucio sentía que se le hundían los pies en el suelo. Por algunos segundos tuvo la impresión de que el cielo se le venía encima, acercándosele más y más hasta que lo sofocaba. ¡Un hijo! ¡Su madre tuvo otro hijo! Él tenía un hermano, alguien unos dieciocho años más joven que él.

—¿Dónde puedo encontrarla? ¡Tengo que saber!

—Bueno, pues si tiene que saberlo. Se marchó hacia el norte, a un pueblecito que se llama Carasucia. Puede ser que usted sepa dónde está. Está en la frontera con Guatemala.

Lucio le dio la espalda al hombre sin agradecerle, y sin mirar para atrás. Lágrimas le quemaban la cara, y saboreaba la amargura de esas gotas saladas que le corrían por las mejillas y barbilla, abrasándole el cuello, manchándole la camisa blanca. Había encontrado a su madre, pero ya tenía otro hijo.

Ahora Lucio lloraba porque se daba cuenta de que había buscado a su madre no porque la odiaba, como se había dicho desde el principio, sino porque la amaba, y no podía negar que había deseado secretamente que ella también lo amara.

A pesar del impulso de confrontar a su madre, Lucio no tuvo la valentía de ir a su casa. Pasó por un período de depresión. Dejó de comer, poniéndose demacrado y ensimismándose más que nunca. Se vio obligado a admitir que no tenía la fuerza de dar cara a su madre, y que temía que ella lo ridiculizara. Sabía, no obstante, que tenía que seguir acechándola.

El plan que Lucio elaboró fue sólo el comienzo de un método que perfeccionaría durante muchos años. Empleó a gente que espiara a Luz y a su niño, y por medio de estos espías, Lucio coleccionó expedientes sobre ambos, su madre y su hermano, en un proceso que abarcó años. Continuó este proceso aun estando en los Estados Unidos, donde recibía sobres repletos de papeles y fotos del muchacho y de Luz.

Aunque Lucio nunca dudaba de sus acciones, a menudo lo asaltaban preguntas sin respuesta. Se preguntaba si su madre vendería a su hermano como lo había vendido a él. No tenía respuesta para esa pregunta, ni para la otra que siempre lo había carcomido: si su madre de veras lo había vendido. Tratando de encontrar la respuesta, mandó a sus agentes de vuelta a la residencia de la familia para interrogar a los sirvientes que todavía se acordaban de Luz Delcano. El reporte de los agentes no le dio satisfacción a Lucio dado que los criados dieron muy poca información sobre lo que él buscaba.

Esos años de búsqueda fueron dolorosos para Lucio porque tan pronto como uno de sus agentes le traía un reporte, se encerraba con el documento, leyendo y releyendo todos los detalles. Mediante estos comunicados aprendió todo sobre la vida de su madre, de cómo cocinaba y vendía comida, y de cómo limpiaba casas de las familias ricas de Carasucia. Le dolía saber que a pesar de su trabajo servil, aún tenía un buen humor, y que otros la amaban; y cuando la gente la describía como una persona cariñosa, Lucio se sentía defraudado.

Sus espías lo informaban de todo lo que tenía que ver con su hermano, desde sus primeros pasos hasta sus días de principiante en la escuela. Supo que era inteligente, que captaba sus lecciones rápidamente y que tenía tendencia a ayudar a otros niños y niñas. Lucio se sentía especialmente atormentado cuando se enteraba de que los maestros y los padres de los otros niños querían a su hermano.

Fuente de tortura aún mayor para Lucio era el surtido constante de retratos que recibía. Con el tiempo, estos se convirtieron en obsesión, y Delcano pasaba las noches mirando esas fotos borradas y descoloridas de su madre acurrucando al niño, o indicando un objeto imaginario mientras el niño reía. Se concentraba tanto en esas imágenes que llegaron a ser tan familiares, que en poco tiempo no tenía ni que mirarlas para representárselas vívidamente en la mente. Las veía como si estuvieran en frente de sus ojos.

A través de esta red de espionaje, Lucio sabía de cada movida de su madre y de su hermano: la decisión de Luz de volver a San Salvador, la manera en que se mantenían ella y el niño una vez de vuelta a la ciudad, y con el tiempo, la decisión del adolescente de entrar en el seminario. Cuando Luz y Bernabé volvieron a la capital, Lucio sintió otra vez la urgencia de ir a verla, de confrontarla por la manera en que lo había abandonado. Pero como antes, el miedo a que lo rechazara lo incapacitaba.

Recientemente, habían informado al Coronel que el día de la muerte del arzobispo, su hermano había huido a las montañas, y se había unido a los guerrilleros que ahora lo llamaban el Cura. El Coronel Delcano también sabía que su madre había rondado los barrios de la ciudad tocando a puertas y ventanas, preguntando por su hijo.

—Mi Coronel, temo que se esté haciendo tarde. ¿Llamo al teniente?

—Sí, y no nos interrumpa hasta que hayamos acabado.

Momentos después, el teniente entró y se puso en postura rígida de atención. —Mi Coronel, a sus órdenes!

—Siéntese, Teniente. Póngase cómodo por favor.

Mientras hablaba, la voz de Lucio Delcano era grave, helada, llena de escarcha. —¡Voy al grano! Estoy decepcionado con la manera en que se desenvolvieron los eventos en el Río Sumpul el otro día. Tengo entendido que usted estuvo a cargo.

—Sí, mi Coronel. Mas no puedo explicar lo que sucedió. Pudimos capturar a algunos de los sublevados pero otros se escaparon. Mis hombres... es decir... algo raro ocurrió. Los campesinos comenzaron a correr. Seguían a un loco que corrió hacia el río, y nuestros helicópteros... bueno, si hay culpa, le pertenece a...

El Coronel Delcano levantó la mano; estaba tiesa, con la palma extendida hacia el teniente. —¡Basta! No está aquí para presentarme excusas. Tendrá que salir mejor la próxima vez.

Delcano estaba al borde de censurar al teniente por su falta de cuidado. Hasta pensó en descenderlo, pero antes de tomar esta medida, se detuvo porque el hombre era demasiado valioso en asuntos del exterminio de enemigos del estado. Era sin duda mejor asesino que soldado, y no sería favorable hacerlo responsable de lo que había ocurrido en el Río Sumpul. El Coronel optó por otro método. La voz le cambió. Parecía darle un consejo.

—Francamente, Teniente, puesto que usted ha sido de valor en la resolución de incidentes de agitación y sublevación en el pueblo, siento que debe tener la oportunidad de redimirse en lo que le toca al chasco del Sumpul.

El teniente sonrió, aliviado por el cambio de actitud que percibió en su superior. El coronel extrajo una hoja de papel de debajo del secante del escritorio, y el teniente supuso que era el reportaje de los agitadores que asistieron a los escapados del Sumpul. Al colocar cuidadosamente el papel en el escritorio y al pasarle sigilosamente los dedos por encima, Del-

cano le confirmó la importancia del contenido al teniente. El
coronel entonces se reclinó hacia atrás en el sillón, apoyando
los codos en los brazos de la silla. Lentamente, juntó las
yemas de los dedos de ambas manos formando un triángulo
debajo de la barbilla.

—Teniente, tenemos muchos subversivos entre nosotros.
Hay varios tipos de ellos. Extranjeros, entremetidos, agitadores, quienes falsean las noticias de los eventos en nuestro
país. Recientemente, y sé que esto le va a interesar, han
esparcido mentiras en lo que le toca al incidente del Río
Sumpul. Este reporte, —el Coronel Delcano sostenía delicadamente el documento entre el índice y el pulgar, —aunque esté
incompleto, explica sus actividades y da sus nombres. Estas
personas pretenden ayudar a campesinos necesitados pero, en
verdad, lo que hacen es circular porquería y mentiras marxis-
tas, y debemos pensar en el mal ejemplo que le dan a los otros,
¿no es cierto? La gente va a acabar por creer lo que estos
chismes predican. Por lo tanto, deben ser silenciados. Perma-
nentemente.

El Coronel Delcano se detuvo, dejando que sus palabras
se enraizaran. —De todas formas, no creo necesario darle
detalles de lo que quiero decir. Clavó los ojos pálidos en la cara
del teniente.

—Comprendo, mi Coronel.

La voz del Coronel Delcano se volvió entonces lisa y suave
como la voz de un padre que le aconseja a su hijo cómo sacarle
un clavo a la llanta de la bicicleta, o cómo reparar su juguete
favorito. No había expresión alguna en su cara.

—Usted sabrá cómo ocuparse de este asunto avergon-
zante. Lo sé. Tengo la confianza que no hay razón por la cual
sea necesario que yo haga sugerencias. Lo que tengo que decir
es que esta oficina está a su disposición con relación a información o cualquier otra ayuda necesaria que sea. En cuanto al
horario, otra vez le dejo la libertad; no hay límite de tiempo
para la tarea. Tome su tiempo. Puede ser cuestión de días, o
puede que necesite meses. ¿Quién sabe? Lo único que le pido,

y esto usted lo sabe después de trabajar conmigo, es que la precisión y la eficiencia sean sus guías. ¡Basta de descuidos y errores! Se tiene que borrar a cada uno de estos traidores.

La quijada y el cuello del teniente temblaron levemente. —¿Todos, mi Coronel? consiguió preguntar.

El Coronel Delcano miró al soldado. Asintió con la cabeza. Entonces, susurró su orden entre labios frígidos. —Sí, Teniente. Todos. Cada uno de ellos.

Segunda Parte

"Su hijo la esperaba..."

El hijo que nunca fue
María Virginia Estenssoro

I

Después de la masacre, Luz Delcano recorrió las calles de San Salvador por dos meses buscando a su hijo, pero todo indicio por conocidos y por desconocidos resultó ser falso. En su búsqueda encontró la ciudad bajo un telón de horror y confusión porque una ola de asesinatos marcaba las calles. Algunos extranjeros, y hasta conocidos de Luz, habían desaparecido. A diario se descubrían cuerpos mutilados sin ninguna manera de ser identificados.

Muchos de los amigos de Luz, dejándolo todo atrás, se apeñuscaban en las estaciones de autobuses sin otra meta que escapar de El Salvador. La mayoría de ellos se dirigía hacia México, y otros países tan lejos como los Estados Unidos y Canadá. Los jóvenes abandonaban trabajos y familia porque corrían rumores de calle en calle hablando de los tantos secuestrados por patrullas a punto de pistola, y metidos a fuerza en el ejército.

Estos eventos, tanto como la búsqueda en vano de su hijo, aturdieron y atemorizaron a Luz. Se sintió arrastrada y deshecha por fuerzas fuera de su control, puesto que no podía creer que Bernabé estuviera muerto, o que lo hubieran cogido para el ejército. Entretanto, no tenía la menor idea de su paradero. Los que la acompañaban empezaron a convencerla de que probablemente su hijo había huido de la ciudad con otros jóvenes, y que se había dirigido hacia el norte. ¿Pero dónde en el norte? Sus amigos se encogían de hombros cuando Luz les preguntaba.

Las semanas pasaban y el paradero de Bernabé seguía siendo un misterio, pero el deseo de Luz de encontrar a su hijo se intensificaba, superando sus temores. Poniendo su emociones a un lado, decidió unirse a aquéllos en camino hacia el norte, esperando que su hijo hubiera hecho lo mismo. Sin saber dónde terminaría su búsqueda, compró un boleto de autobús hasta la Ciudad de México, sabiendo que no estaría sola, pues otros seguían la misma ruta. Calculó que una vez que llegara a esa ciudad, determinaría su próxima movida.

La mañana de su salida, Luz se despertó temprano. Recogió algunas cosas y las empacó en una caja de cartón, llevando sólo lo indispensable. Puso una muda de ropa, un camisón para dormir, un chal, una bolsita con los colones que había ahorrado después de haber vendido sus cosas, y una foto amarillenta de Bernabé, todavía en sotana de seminarista.

En la estación, esperando subir al autobús, Luz comenzó a sentir otra oleada de emociones que le decía que era torpe e idiota por lo que hacía. Una incertidumbre inexplicable empezaba a poseerla a la entrada del vehículo, cuando se dio cuenta de repente del dolor de los que la rodeaban, y supo que aparte de buscar a su hijo, ella huía también, igual que ellos. Se le ocurrió en pocos segundos que si ella estaba aventurándose a lo desconocido, también ellos lo estaban haciendo; y lo hacían porque no tenían otra alternativa.

—Por favor, señora, súbase o hágase a un lado.

—Perdón. Sí, sí.

Una vez adentro, el autobús olía a cuerpos y a fruta rancia. Luz estiró el cuello y le dio una ojeada a los otros campesinos que también se iban de El Salvador. Eran hombres sombríos, de manos endurecidas y ojos rasgados. Todos llevaban sombreros de paja, estropeados y manchados por el sudor. También iban mujeres; algunas eran jóvenes, agarradas a niños, y otras eran viejas. La mayoría llevaba puestos mandiles descoloridos y manchados. Otra vez, Luz se reanimó mirándoles la cara, porque se dio cuenta que ella no era la única que tenía miedo.

Encontró asiento al lado de una ventanilla, y con un suspiro colocó sus cosas debajo. Luz tenía cincuenta y dos años, y su peso no le permitía moverse con facilidad. Cuando se sentó, vio su reflejo en el vidrio sucio donde alcanzaba a ver su pelo opaco y despeinado, las mejillas papujadas y la papada fláccida. Por un momento miró detenidamente su reflejo, sabiendo que si la gente pudiera ver dentro de ella, vería algo peor. La imagen de Don Lucio Delcano le pasó por la mente y sintió que la vergüenza se apoderaba de ella. El viejo estaba de pie, enfrente de ella en el establo, y la tomaba de la mano.

Luz cerró los ojos tratando de olvidar el recuerdo imborrable de su juventud, pero al cerrarlos, la oscuridad evocó otra memoria, la del padre de Bernabé. Aquel hombre estaba casado, mas esa vez Luz ya era toda una mujer. Pecó con él, y juntos concibieron al niño que ahora buscaba ella.

—Soy pecadora, y todo esto es un castigo. Nadie escuchó sus palabras aunque Luz movía los labios articulando su pena. —Hay algo en mi, un diablo que me hace hacer lo que hago. Es una sombra que me persigue, y no sé cuándo me va a caer encima. A veces siento que estoy llena de lodo.

De repente y sin previo aviso, el motorista trató de arrancar el motor, pero al principio parecía que no iba a jalar. Después, con una explosión del tubo de escape, el motor cancaneó, chisporroteó y arrancó. Los pasajeros dieron un tirón hacia adelante cuando el chofer pisoteó el acelerador. Cuando sintió que se movían, Luz se volteó para decirle adiós a su país, y la última imagen que vio desde la ventana del autobús fue la cúpula de la catedral.

Pronto el chofer estableció su autoridad usando un tono severo con los pasajeros. Les ordenó que cada uno se mantuviera en su asiento, que tuvieran sus pertenencias cerca de su persona, que no toleraría ningún robo, y que no permitieran que los niños corrieran por el pasillo.

—¡Llegaremos a Guatemala en cinco horas!

Al principio, el viaje estuvo tranquilo, aunque el crujir y gruñir del motor ahogaba las voces y conversaciones. Después, la carretera, antes llana, pronto se llenó de abolladuras y baches, y cada vez que el autobús se balanceaba, las cabezas de los pasajeros se columpiaban de un lado al otro. Cada hora, el calor del sol penetraba el techo metálico del vehículo con más intensidad, aumentando el sofoco por dentro.

Cinco horas más tarde, cuando el autobús cruzó la frontera hacia Guatemala, los pasajeros se sintieron aliviados pensando que se les permitiría pasar algún tiempo al aire libre. Pero el agente encargado de inmigración sólo hizo un gesto con la mano, señalándole al chofer que siguiera adelante. Más tarde, cuando llegaron a la capital, el autobús se dirigió directamente a la estación donde recogió encomiendas y paquetes destinados a la Ciudad de México. No fue hasta entonces que se les permitió salir del autobús a los pasajeros por media hora, y al recibir la señal, todos se lanzaron a los servicios.

El viaje por Guatemala fue aburrido y caluroso, con algunas paradas como antes. Tarde en la noche del segundo día, el autobús cruzó la frontera entre Guatemala y México. Cuando Luz sintió que el vehículo iba más despacio se enderezó en su asiento y buscó una pequeña abertura en la ventanilla para saber dónde estaban. Leyó un cartel: Talismán, México.

—¡Todos abajo!

Esta vez era un agente de inmigración mexicana el que gritaba las órdenes, y todos los pasajeros tuvieron que salir del camión para la inspección. Luz se levantó del asiento con dificultad porque tenía los pies terriblemente hinchados, y los zapatos le quedaban apretados. Algunos de los pasajeros se quejaban y otros preguntaban qué sucedía, y por qué no continuaban a la Ciudad de México.

Cuando el autobús se vació, los pasajeros hicieron fila a su lado. La noche estaba oscura, y la única luz era la de un mosqueado foco amarillo colgado de un alambre a la entrada de una casucha baja. Había un rótulo encima de la puerta: Inmigración. Estados Unidos Mexicanos.

Al rato dos hombres empezaron a revisar los documentos de los pasajeros uno por uno. Estaba tan oscuro que Luz se preguntaba cómo podían distinguir lo que había en esos papeles. De repente vio a un pasajero joven que se separaba del grupo cuando uno de los mexicanos lo empujó y empezó a sacudirlo por los hombros.

—¿Y aquí qué tenemos? ¿Un desertor? Eso es lo que eres. ¿No es verdad? ¿Cómo te llamas, cabrón? ¡Rápido! ¡Contesta cuando te hacen una pregunta!

—Arturo. Arturo Escutia, respondió el joven salvadoreño, evidentemente conmovido. Parecía confundido y aterrorizado.

—Bueno, mi Arturito. Cualquiera puede ver que eres un cobarde.

Mientras el hombre hablaba, otros individuos uniformados aparecieron desde la oscuridad. Empezaron a chiflar y burlarse del joven, intimidándolo con acusaciones.

—¿Y tú qué eres? ¿Un comunista?—

—Sí, tienes la cara comemierda de todos los comunistas.

Reían a carcajadas mientras los otros pasajeros salvadoreños miraban, unos paralizados por el miedo, otros enojados y frustrados. De repente, el primer oficial sacó su revólver y se lo puso en la sien al joven.

—¡Pendejo! ¿No sabes cuándo estás en peligro? ¿Te vas a quedar ahí sin decir nada, como maldito burro?

Era evidente que esperaba algo de su víctima. Escutia debía, al parecer, responder algo, o avanzar algo, pero estaba mudo de miedo. Luz vio el cañón del revólver brillar en la oscuridad, y cuando se dio cuenta que estaba apuntado a la cabeza del joven, no se pudo contener. En su mente Arturo podía haber sido Bernabé; ambos jóvenes eran de la misma altura y de la misma edad, y los dos tenían la misma mirada en los ojos. Un hervor atroz le subió a Luz desde el vientre hasta el cuello. Algo así como vómito le llenó la boca, obligándola a abrirla grotescamente, y un lamento terrible le salió de la garganta.

—¡No! ¡No!— gritaba. —¡No tiene derecho!

Moviéndose con agilidad inesperada, Luz se le arrojó al hombre con el arma, y empezó a forcejear con él. Hombre y mujer cayeron al suelo, enredados en una lucha libre que tomó de sorpresa a los demás. Por un instante, todos quedaron azorados, pero pronto cayeron en lo chistoso de lo que estaban viendo.

Todos comenzaron a reir, y se formó una rueda alrededor de los combatientes. Varias personas se apresuraron, estirando el cuello, alargando la espalda para darle un vistazo a lo que pasaba; un combate increíble entre un hombre y una mujer. Pronto se oyeron gritos y aplausos.

—¡Una mujer y un hombre están luchando!

—¡Qué barbaridad!

—¡Dale en la madre!

—¡Eso! ¡Chíngalo bien!

Todos gritaban por la mujer, aun los mexicanos uniformados. Con el pelo tieso y parado, Luz apalancó su cuerpo gordo sobre el agente flaco, sacándole el aire de la barriga. Él resistía, pero aunque quería desatarse de la mujer que tenía encima, sólo podía patalear y sacudir las piernas a medio aire. Entonces Luz le aplicó aún más fuerza al hombre, atrapándolo con las rodillas, y con las manos fuertes de tanto exprimir sábanas mojadas le clavó los brazos contra la tierra. Mientras esto sucedía, ella seguía gritando con la voz más y más destemplada.

De pronto, todo terminó. Luz había ganado el combate. Sus compañeros aplaudían con todas sus fuerzas, hasta los de uniforme y los otros mirones echaron porra. Querían más. Cuando vieron que el contrincante de Luz ya no resistía, le gritaban que siguiera, pero ya no pudo.

Uno de los hombres se arrimó a la pareja y le dio a Luz unas palmaditas en la espalda, diciéndole —Basta, señora, basta,— pero ella no se movió hasta que la convenció que

Arturo y ella estaban a salvo. Entonces fue que Luz accedió a quitarse de encima del oficial, aunque se necesitaron varios hombres para ayudarla a ponerse de pie.

El derrotado batalló para levantarse, furioso pero tan avergonzado, que desapareció en la oscuridad sin buscar el revólver que se le había saltado de la mano cuando Luz lo atacó. Mientras el gentío le chiflaba y gritaba, su compañero dio la señal para que el autobús salvadoreño siguiera su camino; pero no antes de quedarse con la mayor parte del dinero de Arturo Escutia.

II

Después del incidente, Luz se convirtió en la heroína del grupo, y sus compañeros de viaje la felicitaban por su valentía. Orgullosos, se peleaban por sentarse a su lado durante los últimos kilómetros del viaje. El interior del autobús zumbaba con susurros que decían y repetían cómo Luz se las había arreglado con los oficiales avarientos.

Arturo y Luz frecuentemente se sentaban juntos. Una vez, en un momento de sosiego cuando los otros pasajeros dormitaban, ella le preguntó, —¿Hijo, quién eres, y qué haces tan lejos de tu familia?

Tímido al principio, Arturo no contestó inmediatamente, pero después, en tono bajo, casi musitando dijo, —Mi historia, Doña Luz no es muy diferente a la de muchos otros. Tengo diecinueve años, pero a veces me siento muy, muy viejo. Mi padre era oficinista. Trabajaba en uno de los tantos edificios del municipio, y aunque no era un puesto alto, mi madre y él pudieron ofrecerles a sus hijos una buena vida. Éramos tres hermanos, y todos fuimos a la escuela; hasta pude entrar en la universidad.

—El año pasado, cuando todavía estaba en el primer año de mi carrera, me uní a unos compañeros que ayudaban a los pobres, y después a veces, nos aventurábamos a salir de la ciudad para ayudar a los campesinos. En verdad no hacíamos nada extraordinariamente importante, Doña Luz. Simplemente recogíamos comida y cobijas para ellos, pequeñeces así.

—Hicimos esto por un tiempo hasta que un día, unos tipos nos confrontaron, y comenzaron a empujarnos y maltratarnos, llamándonos comunistas y agitadores. Pues, admito que nos defendimos. De repente sacaron palos de no sé donde y tuvimos una pelea seria. Después de eso nos llevaron a la estación de policía y nos advirtieron que no nos metiéramos en lo que no nos importaba. Pero a pesar de esa amenaza, algo extraño nos ocurrió a todos, porque después de eso queríamos más que nunca ayudar a los pobres.

—Así que empezamos a organizarnos y a reunirnos con otros que hacían lo mismo. Nos parábamos en las bocacalles con piquetes, animando a otros a unirse a nosotros. Distribuíamos volantes y pedíamos firmas demandando que el gobierno se ocupara de la gente.

—Pienso... no... sé que lo serio empezó cuando comenzamos a animar a los obreros de fábricas. Les urgimos a que se solidarizaran para que los patrones les dieran un poquito más de dinero para cuando ellos o su familia se enfermaran. También animábamos a los obreros a que denunciaran las condiciones injustas bajo las cuales trabajaban.

—Tengo que decirle que le estaba prestando más atención a esto que a mis libros y a mis estudios. Pero no era el único. Los demás compañeros estaban metidos en esto hasta aquí.

Arturo trazó una línea imaginaria al nivel de la garganta. Luz estaba mirando más allá del joven; había concentrado la vista en el marco de la ventanilla.

—¿Y qué decían tu madre y tu padre acerca de todo esto?

—Bueno, un vecino me denunció, diciéndoles que me había visto en la plaza distribuyendo propaganda subversiva. Se puede imaginar lo que pensaron los dos. Mi padre me habló, trató de persuadirme de que no viera más a mis amigos, y que me concentrara en mis estudios. Ahora ¡cómo quisiera haber puesto atención a lo que me pidió!

—¿Y tu mamá? ¿Qué te dijo?

—Estaba asustada porque ya se había dado cuenta de cómo algunas gentes habían desaparecido sin que nadie supiera lo qué les había pasado. Yo también le di mucho pensamiento a eso, pero algo muy adentro me decía que lo que hacía era importante. Así que seguí participando con mis compañeros, escribiendo cartas, y hablándole a la gente de lo malo que se encontraban las cosas en nuestro país.

—La situación se puso grave, pero a pesar de todo, nuestro grupo comenzó a crecer. Después, los hombres que nos habían atacado con palos, nos perseguían con más frecuencia.

—¿Quiénes eran? ¿Soldados? ¿Policías?

—No lo sé. Nadie lo sabía. No llevaban uniforme, pero se portaban como si hubieran sido soldados. ¿Sabe lo que quiero decir? Se vestían como campesinos, pero esos cuerpos revelaban entrenamiento al usar los palos como si hubieran sido rifles. De todas maneras, fueran quienes fueran, esas personas nos confrontaban, nos empujaban, desgarraban los piquetes y nos insultaban. Cada día se ponía peor, y muchos de los compañeros tenían miedo; algunos se fueron. No los culpo. Yo también debería haber hecho lo mismo.

Un enfrenón inesperado del autobús hizo que Arturo callara por unos momentos. Después de esto, siguió su conversación. —Entonces, el grupo se animó a organizar una manifestación. Estábamos convencidos de que si todos los que pensábamos de la misma manera nos juntábamos en público y mostrábamos nuestra solidaridad, el gobierno respetaría nuestros deseos. ¡Qué estúpidos! Planeamos la marcha. ¡Fue increíble! Muchos decían que nadie vendría, que la mayoría de nuestra gente estaba satisfecha con su vida, o que tenían miedo de hacer tal cosa. Señora, si hubiera visto cuántos...

Luz interrumpió lo que estaba diciendo Arturo. "Recuerdo todo eso. Creo que fue en julio. No fui porque tenía miedo, pero mi comadre Aurora, que siempre está metida donde no debe, sí fue. Ella me lo contó"

—Sí, fue en julio. La gente vino de todas partes. Vinieron del campo y se unieron con sindicalistas, obreros de fábrica, comerciantes, mecánicos, profesores, empleados, amas de casa; hasta niños. Creí que me iba a estallar el corazón porque estaba contento y orgulloso, y a la misma vez, ¡tenía miedo!

—Nos reunimos en Plaza Barrios, equipados con estandartes y carteles que pedían justicia. Cuando los estudiantes a la vanguardia dieron la señal, miré hacia atrás y vi que había tanta gente que no alcanzaba a ver ni un trocito de pavimento. Comenzamos nuestra marcha y alguien empezó a gritar '¡Justicia!' '¡Libertad!' Imitamos esa voz. '¡Justicia!' '¡Libertad!' '¡Justicia!' Recuerdo que nuestras voces eran unísonas, repicando en paredes, en ventanas, y en umbrales.

—¿Ay, hijo. Ahora me pregunto ¿qué habría hecho si hubiera estado yo ahí?

—La conozco, Doña Luz. Perdón, pienso que la conozco. Usted se habría unido a nosotros. Aquella solidaridad fue muy bella pero lo admito, también peligrosa porque, sin aviso, comenzaron los disparos. Al principio, pensé que eran globos que explotaban, pero pronto oí aquellos gritos de terror. Algo me hizo alzar la vista a tiempo para ver que había soldados escondidos en los techos de los edificios más altos. Estaban por dondequiera: agachados en los arcos, y detrás de columnas, mientras disparaban al azar hacia la muchedumbre. No tenían que apuntar porque cada bala hacía un cadáver. Todo el mundo empezó a empujar y a correr, tratando de escapar. ¡Todos nos contagiamos de pánico!

Luz se llevó las manos a la boca; la cara rígida. —¡Igual que en el entierro del arzobispo! musitó.

—Cuando los soldados se dieron cuenta de lo atemorizada que estaba la gente, ganaron confianza y salieron de sus escondites. Dieron paso adelante disparando sin pensar. Recuerdo que los cuerpos caían a mi alrededor. Unos balaceados, otros pisoteados por aquellos que trataban de correr; a éstos, los militares los seguían, tratando de atraparlos. Aunque huyeron calle abajo, por esquinas, y por callejones, los soldados pudieron capturar la mayoría del grupo, especialmente a los que caían o tropezaban.

—¡Corrí, Doña Luz! Como un cobarde escapé porque el ruido de aquellos gritos y de tanta bala me aterrorizó. Me encaminé a casa porque no pude pensar qué otra cosa hacer. No tenía otro lugar a dónde ir. Cuando llegué a casa, entré de repente y ahora sé que parecía un loco. Irrumpí en la cocina donde ellos... mi familia... apenas comenzaban a comer. Los cuatro me miraron asombrados, y de momento sus semblantes me parecieron ridículos. No puedo explicar por qué.

—Pienso que estaba histérico, porqué empecé a reír. Reía a carcajadas, y esas risotadas se me escapaban incontrolablemente. Fue tan exagerada mi risa que llegó el punto en que mi padre me dio una bofetada. Entonces me tranquilicé.

—¿Tu padre te pegó?

—Tuvo que hacerlo, y se lo agradecí porque no fue hasta entonces que comprendí cuánto miedo sentían mi madre y él por mi. Ellos sabían — no me pregunte cómo — ellos sabían que me había enredado en algo serio. Lo que todavía no sabían era que aquello se había convertido en una masacre.

—Sin decir una palabra, mi padre miró a los otros como si les dijera que no hablaran, y con un ademán de la mano me indicó que me sentara en mi lugar. Mamá me sirvió un plato, pero cada mordida se me trababa en la garganta como si fuera paja, o tierra, y podía ver que era igual para el resto de la familia. Era evidente que esperábamos algo, pisadas tal vez, o duros golpes en la puerta.

—Pero los días que siguieron pasaron tranquilos. No volví a la universidad porque tenía miedo. Le ayudaba a mi madre con el trabajo de la casa, y en la tarde hablaba con mi papá sobre lo que iba a hacer después. Entonces, a la cuarta noche... Oh, Doña Luz, fue terrible!

—Esa noche mientras estábamos sentados a la mesa, la puerta se abrió con un tremendo estallido. De repente, estábamos rodeados de hombres, otra vez disfrazados de campesinos, pero esos ojos, esos ojos crueles revelaban que no eran del campo. Llevaban armas. Mi padre se paró pero ni le dieron tiempo de hablar. Una bala le despedazó la frente.

—Arturo, es mejor que no hables de esto. Me doy cuenta que estás reviviendo todo.

Arturo, con un ademán de hombros, le dio a entender a Luz que quería seguir. —Pasó tan rápidamente todo aquello, que ninguno de nosotros tuvo tiempo de decir nada. ¡Todo estaba quieto, tan quieto! Mi papá había caído boca abajo sobre la mesa y la sangre le choreaba de la herida. Estábamos paralizados. A los pocos instantes, asesinaron a mis dos hermanos y a mi madre.

Luz le había tomado las manos a Arturo, y se las acurrucó contra el pecho. No sabía qué decirle, así que fingió escuchar el murmullo que se oía desde el fondo del autobús; algunos pasajeros se habían despertado.

—¿Y tú? ¿Por qué no te mataron a ti?

—Me dijeron que no me iban a matar por lo pronto. Uno de ellos me dijo '¡Cabrón! ¡Vas a vivir para que les digas a tus amigos lo que les pasa a comunistas cochinos como tú!' Entonces metió la mano en la sangre de mi padre, y grabó unas palabras en la pared: ¡El Escuadrón!

—Me golpearon hasta que perdí el conocimiento. Cuando desperté, vi que casi estaba enterrado en basura, y me di cuenta que me habían echado en El Playón. Cuando traté de moverme, no podía porque tenía los brazos quebrados, y también algunas costillas. Tenía la boca tan hinchada que no podía murmurar ni una palabra, mucho menos gritar como deseaba hacer con toda el alma. Me faltaban—vea aquí—algunos dientes. Me los habían tumbado esos animales a patadas. Tenía los ojos casi cerrados; apenas podía ver, y cuando miré hacia arriba, se me borraba la vista. Por fin pude enfocar los ojos, pero sólo para ver que los buitres volaban no muy alto, y me di cuenta que debía haber cadáveres en aquella suciedad.

—No sé cuánto tiempo estuve ahí, convencido de que era una pesadilla lo que me estaba pasando. Pero entonces oí voces. Al principio eran lejanas, como ecos, y después eran más cercanas, hasta que pude determinar que alguien se me arrimaba.

—'Éste está vivo. Ayúdame con él.' Oí las palabras claramente, y luego sentí que alguien me arrastraba de la inmundicia. De ahí me llevaron a las montañas de Chalatenango.

—Aunque se me mejoró el cuerpo, tenía enfermo el corazón. Nunca le hablé a nadie, sólo pensaba en mi padre, mi madre y mis hermanos, y que todo había sido mi culpa. Traté de rezar pero no pude. En vez de las oraciones que sabía, las palabras me salían groseras y sórdidas, y maldecía a Dios por haberme permitido vivir. Odiaba a los buitres porque no me habían devorado.

Luz no pudo contener sus palabras. —¡Ya, no más por favor! Eres libre ahora. Piensa en eso. Allá, al norte donde vamos, encontraremos una nueva vida. Tendrás tus propios hijos, y de esa manera recuperarás a tu madre y a tu padre. Piénsalo así. Su sangre corre por ti, y vivirá en tus niños.

Arturo escuchaba lo que Luz decía pero le hizo comprender que quería acabar su historia. —Cuando estaba en las montañas, varios hombres me pidieron que me alistara en las guerrillas, recalcando que era ya un hombre marcado, y que me equivocaba si pensaba que era libre. Tarde o temprano, el Escuadrón me alcanzaría, me decían. Aunque sabía que tenían razón, no podía enrolarme. No quería ser parte de nada, ni de nadie. Pero a pesar de esto, me permitieron quedarme por meses hasta que estuve en condición de viajar.

Después que acabó Arturo, ni Luz ni él hablaron. Más de una hora pasó mientras Luz reflexionaba sobre la historia, pensando en Arturo, y preguntándose qué iría a hacer el muchacho con su vida.

—¿Qué vas a hacer ahora?

—Voy a... pues... pensé que me iría a Los Ángeles. Pero ahora que se me acabó el dinero, tendré que quedarme en la

Ciudad de México, encontrar trabajo y ahorrar para el próximo tramo del viaje.

—¿Por qué a Los Ángeles? ¿A quién conoces ahí?

Arturo frunció las cejas, mostrando su desconcierto. "Un amigo me escribía desde ahí. Me dijo que había encontrado trabajo, y que había otros como yo que tenían trabajo también." Sus palabras cesaron abruptamente. Luz esperaba que terminara, pero él callaba.

—¿Tienes su dirección?— le preguntó ella.

—¡No!— La respuesta inesperadamente áspera de Arturo le indicó a Luz que le molestaban sus preguntas. Se sintió mal porque se dio cuenta de que sus indagaciones habían sido intrusas. Luz calló y se reclinó en el asiento, meditando sobre una idea que se le acababa de ocurrir.

—¿Y usted, señora? ¿Adónde va, y por qué?

La pregunta de Arturo la ofuscó porque hacía eco a sus propias dudas, y Luz se sintió desconcertada de que alguien más las repitiera en voz alta. —Busco a mi hijo. Pero no sé donde buscarlo. Pensé que comenzaría por irme al norte... — Su voz se apagó, temblando nerviosamente.

Arturo se sonrojó. —Perdóneme.

Los dos permanecieron callados por un tiempo hasta que él afirmó, —Doña Luz, no puedo imaginarme lo que mi madre habría hecho si estuviera en su lugar.

Después de esto, se retiraron a sus meditaciones.

El tramo hasta la Ciudad de México duró dos días más. El viaje fue interrumpido una vez por la descompostura de la bomba de agua del autobús. Otras veces, lluvias torrenciales e inesperadas para la temporada lo habían obligado a hacer paradas al lado de la carretera. El vehículo fue detenido con frecuencia por la policía, o por agentes de aduana o de inmigración. En cada ocasión el bolsillo de los pasajeros se les vaciaba más, y se les acababan más las provisiones.

Durante las horas de tedio del viaje, los pensamientos de Luz divagaban. Le gustaba la idea de permanecer junto a Arturo mientras los dos estuvieran en México, y otras veces pensaba en ir con él hasta Los Ángeles. Se imaginaba que hablaba con Bernabé. "Me pregunto, ¿qué me dirías que hiciera, hijo?" También pensó en su otro hijo, el que le fue arrebatado por los Delcano. Casi no sabía nada de él, excepto que lo habían educado, y que tenía un puesto importante en el gobierno.

Cada vez que pensaba en su primogénito, se llenaba de preguntas y de presentimientos. "¿A quién se parecerá? ¿Será un buen hombre? Seguro que sí. Y aunque no me conozca, debe pensar en mí como yo pienso en él. Probablemente está casado, y sus hijos llevan mi sangre en sus venas. Cuando le dije a Arturo que la sangre de su madre correría en la de sus hijos, pensaba en mis dos hijos. Ambos son parte de mí. Hasta el que no conozco."

Estos pensamientos entristecieron a Luz, y para distraerse se concentró en sus alrededores. Mirando para adelante y para atrás, se puso a pensar en sus compañeros. ¿Qué exactamente les había hecho abandonar su tierra? Luz se enternecía viendo a cada uno de ellos, adivinando que como ella, ninguno había querido salir de El Salvador. Igual a ella, también podrían estar pensando en lo que el destino les traería.

—Doña Luz, está hablando sola. ¿Se siente mal? Mire, tome un trago.

Luz se estremeció porque las palabras de Arturo la arrebataron de su ensoñación. No se había dado cuenta de que estaba pensando en voz alta, y que otros se estaban dando cuenta de los temores que le brotaban del corazón.

El autobús, lodoso y maltratado, llegó a la Ciudad de México por la tarde durante las horas de más tráfico, y el vehículo tuvo que penetrar por la entrada de Tlalpan, la orilla al sur de la ciudad. Pronto los pasajeros no cabían en sí por lo que veían, porque nunca se habían imaginado la jungla de cemento y acero que les esperaba en esa ciudad.

Sentían que los oídos les estallaban por los ruidosos claxones de autos, y por los gritos de tantos vendedores pregonando periódicos, sarapes, chicles y tortas. Había gente dondequiera. Los pasajeros sentían que la nariz y los pulmones se les tapaban con el humo de la ciudad, y los ojos comenzaron a aguárseles y a llenárseles de lágrimas. Se maravillaban mirando los edificios y las paredes masivas de concreto, ennegrecidas de tizne. Se sorprendieron al ver troncos de árboles oscurecidos y torcidos por la contaminación.

A su alrededor vieron el gentío que brincaba de un lado de la calle al otro, queriendo escapar de autos, autobuses y camiones. Las avenidas y los parques estaban llenos de movimiento, y los salvadoreños observaban a hombres y mujeres vestidos elegantemente, caminando al lado de harapientos. Niños flacos y perros muertos de hambre rodaban por las aceras, y secretamente, los recién llegados sentían temor de esa ciudad; se sentían abrumados por su tamaño, movimiento y bullicio.

Por fin, cuando el autobús llegó a la estación Taxqueña, Luz sintió que se le formaba un nudo en el estómago. Se dio cuenta de que había llegado el momento de tomar aún otra decisión que la guiaría de nuevo en la búsqueda de su hijo Bernabé.

III

La mayor parte de los pasajeros intentaba continuar hacia el norte, pero algunos, obligados a quedarse en la Ciudad de México porque se les había acabado el dinero, comenzaron a despedirse en cuanto salieron del autobús. Luz estaba parada al lado del grupo, fuera del bullicio y alboroto, con la mirada perdida en la distancia; la caja de cartón en la que guardaba sus cosas, estaba junto a sus pies en el pavimento. Había terminado el viaje y se sentía perdida. En ese momento Arturo se le acercó, tratando de despedirse.

—Bueno, Doña Luz, hasta la próxima...

—¡Espera un momento!

Lo miró con una intensidad que lo hizo estremecerse. No se daba cuenta que se le estaban ocurriendo varias ideas a Luz: Él quería llegar hasta Los Ángeles, pero le faltaba dinero. Ella tenía dinero, pero no lo suficiente para los dos. Él tenía que quedarse en la Ciudad de México. Ella sólo tenía boleto hasta la Ciudad de México. Él estaba solo, y ella no quería estar sola.

Luz se encaminó a una banca cercana, llevando su caja en una mano y tomando a Arturo con la otra. Se sentó y le indicó que la imitara. Antes de hablar pausó, observando aquel gentío que los rodeaba, absorbiendo las desilusiones marcadas en tantas caras. Por la manera en que un padre a su derecha abrazaba a sus niños, Luz determinó que pronto se iban a separar; de lo cabizbajo de una mujer, entendió su soledad.

Luz se mantuvo callada por mucho tiempo antes de hablar. —Arturo, mira a tu alrededor. Hay tristeza por dondequiera porque las personas se separan. La separación duele mucho.

Cuando vio que Arturo no estaba captando su intención, Luz tomó otra dirección. "Perdiste el dinero porque luché con el oficial. Por lo menos, pienso que es por eso que te robó tu dinero."

—No. No es esa la razón. Se lo hubiera robado de todas formas.

—Bueno, tal vez. De todas maneras, déjame hablar. No te he dicho que cuando empecé mi viaje no sabía adónde iba. Lo único que sabía era que buscaba a mi hijo. ¿Por qué me dirigí a esta ciudad? De eso tampoco estaba segura. Sería quizás porque de todo corazón esperaba que Bernabé hiciera lo que tú estas haciendo: ir rumbo al norte.

Luz dio un suspiro profundo. Estaba consciente de que Arturo escuchaba atentamente. —Ahora que acabo de llegar a esta ciudad, las cosas se me han aclarado un poco. —De repente, moviendo el cuerpo para darle la cara a Arturo, dijo —Hijo, quiero ir a Los Ángeles. Quizás encuentre a Bernabé ahí. Déjame quedarme aquí, y después irme para allá contigo.

Arturo sacudió la cabeza, mostrando sorpresa, e iba a hablar cuando Luz le cubrió la boca con la mano. —No creo tener el dinero suficiente ahora para ir a Los Ángeles de todas maneras. Pero aunque lo tuviera, no quisiera ir sola. Así que, vamos a permanecer juntos aquí. Te ayudaré a ahorrar dinero, y entonces seguimos hasta allá. ¿Qué te parece?

Él sonreía, pero sus ojos decían lo opuesto. Luz creyó comprender y dijo —No te preocupes, Arturo. Sé cuidarme. No seré una carga.

Arturo bajó la vista, fijándola en los pies. —Sé que usted se puede cuidar. No es eso.— Entonces mirándola le dijo, —Doña Luz, tengo entendido que Los Ángeles es una ciudad enorme.

—¿Y qué? También lo es la Ciudad de México.

—Bueno, lo que quiero decir es que apuesto que será imposible que usted encuentre a Ber...

—¡Lo sé! ¡Lo sé! —A Luz le irritó la verdad de esas palabras. —Pero debo hacerlo, Arturo, porque si no, dejaré de respirar.

Arturo la observó por un rato. Entonces sonrió abiertamente mientras asintió con la cabeza. Animada por este cambio momentáneo, Luz se puso de pie arreglándose el vestido. Miró a todos lados como si buscara a alguien en particular. Después de unos minutos, sus ojos se fijaron en un hombre, y haciéndole señas a Arturo para que la siguiera, se acercó al desconocido. El hombre llevaba pantalones sencillos, una camisa blanca, huaraches y un sombrero de paja en las manos.

—Buenas tardes, señor, ¿Le puedo hablar por un momento?

El hombre, de pronto sorprendido, frunció el ceño, pero en seguida le sonrió. —Como no, señora.

—Este es mi amigo, Arturo Escutia.

Los dos hombres se dieron la mano.

—Señor, como podrá ver, venimos de muy lejos... y nosotros, pues... nos preguntábamos si usted supiera...

—Ustedes son del sur, ¿verdad?

—Sí.

—Y necesitan encontrar trabajo para poder comprar un boleto para lo que queda del viaje al norte.

—¿Hay muchos como nosotros?

—Sí. Muchos.

El hombre les dio señas de cómo llegar a una lavandería, propiedad de un español. Les explicó que encontrarían el negocio en la Colonia Cuauhtémoc, un barrio cerca de la estación. Ahí, les dijo el hombre a Luz y a Arturo, encontrarían trabajo provisional.

—Muchas gracias, señor.

—¡Para servirles, señora!

Volviéndose hacia Arturo, Luz le dijo, "¡Vámonos!" Al mismo tiempo jalándolo de la manga.

—Pero Doña Luz, ¿por qué debemos creerle a este hombre? ¿Cómo sabemos que nos está diciendo la verdad?

—Porque el corazón me dice que es la verdad. Ahora, vámonos, Arturo. Cada minuto es importante.

Luz recogió sus cosas y Arturo la siguió mientras ella se dirigía hacia la salida, pero cuando salieron de la estación se toparon con un remolino de gente. Luz le ordenó a Arturo que le preguntara a alguien cómo encontrar la Colonia Cuauhtémoc mientras ella hacía lo mismo.

Nadie les prestó atención. Los hacían a un lado o los ignoraban. Unos pasantes sacudían la cabeza con desaprobación. Otros pronunciaban palabras ininteligibles. Al fin, un hombre, después de haberse detenido a mirar en varias direcciones, señaló hacia el distrito occidental de la ciudad. Ni Luz ni Arturo dudaron las instrucciones, y recogiendo sus paquetes, caminaron por más de una hora hasta que Luz, fatigada y respirando con dificultad, paró de repente.

—Arturo, siento algo raro. Me late que éste no es el camino a la lavandería. Mira. Ya es casi de noche. Aunque encontráramos el lugar, estoy segura que no habría nadie ahí ahora. Mejor es que hagamos otra cosa. Volvamos a la estación y pasemos la noche ahí.

Luz y Arturo regresaron a la terminal buscando un banco o una esquina vacía donde dormir, pero la estación estaba llena de vagabundos y de viajeros agotados que se miraban de reojo sospechosamente. La pelea por espacio se dificultaba aún más por los guardias que despedían a aquéllos que querían dormir ahí. Para evitar sus regaños y rudezas, los que buscaban un lugar fingían esperar un autobús mientras cabeceaban.

—Hijo, tendremos que dormir de pie. No hay nada qué hacer. Pronto será mañana, y todo estará mejor.

La primera luz del día apenas empezaba a filtrarse entre el espeso humo y neblina de la ciudad cuando Luz y Arturo comenzaron su búsqueda. Esta vez Luz había decidido no malgastar su energía siguiendo malas direcciones, y para mediodía dieron con la lavandería.

El propietario de La Regenta les dio trabajo sin preguntar nada, y aunque resultó que la paga era poca, las horas de trabajo eran normales. Al principio, Luz, quien sólo había lavado ropa a mano, se sentía intimidada por la enorme máquina de lavar que le enseñaron a manejar. Se forzó a vencer el miedo siguiendo las instrucciones dadas por el dueño, aunque el rechino de la máquina le acribillaba los nervios.

Arturo, a quien le habían asignado ser ayudante en el camión de reparto, tuvo que arreglárselas con la debilidad que aún sentía en los brazos y en las piernas. Sin embargo, igual que Luz, se esforzó en olvidarlo todo y hacer su trabajo. Le gustaba el trabajo porque lo adentraba en la ciudad donde se sentía protegido porque nadie lo conocía.

Luz y Arturo encontraron un cuarto en la Colonia Cuauhtémoc el mismo día que hallaron el trabajo. Vieron que el lugar estaba en mala condición, y que sólo tenía dos camas con una mesita de noche y una cocinita. Pero se sentían agradecidos de tener un lugar donde quedarse cuando no trabajaran. Comenzaron ese mismo día a economizar algunos pesos después de pagar el alquiler del cuarto y sus alimentos.

Al principio, ahorrar dinero fue especialmente difícil porque ellos, así como otros extranjeros, eran perseguidos rutinariamente por agentes de inmigración. El acosamiento por estos agentes, quienes parecían oler su timidez, era constante y muy eficiente. Siempre seguían el mismo modelo.

—Nombre y documentos, por favor.

Parecía que el dinero era lo único que contaba para esos agentes, y como los otros trabajadores, Luz y Arturo se sentían acosados por ellos, y obligados a entregar cuantos pesos tuvieran. Una vez, Arturo tuvo que esconderse un día entero en una oficina de correos mientras un carro de patrulla rondaba el lugar. Como resultado, le rebajaron un día entero de salario.

Luz se sentía frustrada por el temor que esto le causaba, puesto que veía que el proyecto de llegar a Los Ángeles se le resbalaba de las manos. Sin embargo, no sabía qué más hacer, así que resolvió hacer dramas cada vez que se le arrimaban. Gritaba a toda voz, lloriqueando que ella era una mujer pobre, sola, miserable, quien quería hacer amistad con los mexicanos mientras pasaba un corto tiempo en su tierra.

Aunque esto le sirvió algunas veces, Luz decidió abandonar esta táctica. Se dio cuenta que los oficiales le daban por su lado solamente porque se sentían avergonzados, y temía que la molestaran más después para desquitarse. Decidió tratarlos de otra forma. Comenzó a regalarles comida y bebidas a cambio del dinero que le exigían. También los trataba como si los hubiera conocido por años como amigos, usando palabras y modismos que había aprendido de sus compañeros mexicanos.

—¿Qué tal, mi sargento? Bonito día, ¿verdad? Todos ustedes aquí tienen tanta suerte. Con razón todo el mundo los quiere. Venga, pruebe esta cosita que le preparé. ¿Cómo está la familia? Tengo entendido que usted tiene una esposa muy chula, y niños bien listos.

Estas palabras siempre iban acompañadas por la risa fuerte y contagiosa de Luz, la estratagema no sólo sirvió una y más veces; sus efectos duraron. Muy pronto esos hombres buscaban a Luz entre los montones de sábanas y fundas sucias, no por su dinero, sino por su comida y sus halagos y por sus carcajadas alegres. Su éxito con los de inmigración la hizo pensar en venderles comida a sus compañeros de trabajo. Pronto, Luz comenzó un pequeño negocio, y en poco tiempo, Arturo y ella pudieron ahorrar para el tramo norte.

Vivieron en la Ciudad de México por más de un año trabajando a diario, excepto los domingos. Cuando alcanzaron a juntar suficientes pesos para comprar boletos para Tijuana, y para pagarle al coyote que los guiaría por la frontera hacia los Estados Unidos, sintieron que estaban listos. Sin embargo, el día en que su autobús salió de la terminal, Luz y Arturo estaban tan llenos de ansiedad y miedo que ninguno se atrevió a compartir este sentimiento con el otro.

IV

Luz y Arturo llegaron a la terminal de autobuses de Tijuana cuarenta horas más tarde, exhaustos e hinchados de estar sentados en los asientos angostos del autobús. Apenas se habían bajado cuando se les acercó una mujer que les preguntó si querían cruzar la frontera esa noche. Sin esperar la respuesta, les dijo que ella podía ser su guía. El precio era quinientos dólares por persona.

Luz observó a la mujer por varios momentos, desprevenida por lo insólito de la situación. Más que las palabras de la mujer, era su apariencia lo que intrigaba a Luz. La mujer tendría unos treinta y cinco años, suficiente edad, calculó Luz, para tener experiencia en su negocio. La mujer era alta y delgada. Sin embargo, su cuerpo mostraba una fuerza muscular que le daba a Luz la impresión que podría ayudarlos a cruzar la frontera.

La coyota le reciprocó la mirada a Luz, evidentemente dándole tiempo para que se decidiera. Dio un paso más hacia Luz, quien sesgaba los ojos concentrándose en la cara de la mujer. Le estudiaba la piel morena y la frente alta, y esos ojos hundidos que le devolvían su mirada indagadora. De una ojeada Luz percibió los desteñidos pantalones vaqueros de la coyota, así como la camisa de cuadros debajo de un suéter andrajoso. Abrió los ojos con espanto cuando vio las botas de vaquero, raspadas y enlodadas, que traía la mujer; había visto tales zapatos sólo en pies de hombre. Volvió la vista a los ojos de la mujer. Era dura, y Luz supo que tendría que regatear como nunca; empezó por llorar mientras le rogaba.

—Señora, por favor! ¡Tenga piedad! ¿Cómo puede cobrar tanto? Somos pobres y hemos venido desde muy lejos. ¿De dónde se cree que vamos a sacar tantos dólares? ¡Todo lo que tenemos es cien dólares para pagar por los dos! ¡Por el amor de su mamacita!

La mujer se cruzó los brazos sobre el pecho y se rió con muchas ganas mientras clavaba sus ojos en los de Luz. Después de un rato, habló. —Señora, no tengo la costumbre de comer cuentos. Ustedes han estado en México por mucho tiempo. Tengo ojos, ¿no? Puedo ver que no están muertos de hambre. Los dos han comido muchas enchiladas y muchos tacos. ¡Mire nada más esas nalgas!

Le dio a Luz un empujón en el trasero. Entonces, ignorando la mirada airada de Luz, la coyota siguió hablando rápidamente. —Mire, señora, sólo para mostrarle que tengo sentimientos, le ofreceré cruzarlos a los dos por un precio reducido de setecientos dólares. Mitad ahora, y la otra mitad cuando lleguen a Los Ángeles. O lo toma o lo deja.

Luz sabía que estaba cara a cara con la horma de su zapato. Contestó con una sola palabra: —Bueno.

La coyota los llevó a un hombre que estaba ahí cerca. Llevaba un impermeable largo, inadecuado para el clima caluroso de Tijuana, pero el abrigo tenía su propósito porque escondía bolsillos llenos de dinero. Con un empujón, la coyota acercó a Luz al hombre, y le susurró al oído, —Este hombre le cambiará los pesos en dólares. A buen precio, se lo garantizo.

Cuando Arturo comenzó a acercarse, la coyota se volteo hacia él. —Tú te quedas ahí.— Arturo obedeció.

Aunque sentía desconfianza, Luz decidió que Arturo y ella no tenían alternativa, pero necesitaba hablar con él, así que lo jaló para un lado. —Hijo nos estamos arriesgando mucho. Nos pueden robar, hasta matar. Acuérdate de las historias que hemos estado oyendo desde que salimos de casa. Pero ¿qué podemos hacer? Necesitamos a alguien que nos ayude a cruzar. ¿Qué importa que sea ésta u otro? ¿Qué piensas?

Arturo consintió. —Tratemos de cruzar al otro lado lo más pronto posible. Doña Luz, creo que encontró buen precio. Tenemos el dinero, ¿verdad?

—Con un poco de sobra para cuando lleguemos a Los Ángeles.

Antes de volver a donde los otros esperaban, Luz se arrimó a una pared porque no quería que nadie viera lo que estaba haciendo. Sacó la cantidad de pesos que creía necesaria para cambiar por un poco más de setecientos dólares. Caminó hacia el cambiador de dinero, y no acababa el hombre de ponerle los billetes verdes en la palma, cuando Luz oyó la voz aguda de la coyota.

—Trescientos cincuenta dólares, por favor!

Les señaló a Luz y a Arturo que la siguieran a un auto estacionado en el cual los llevó a Mesa Otay, la última franja de tierra entre México y California. Ahí, la coyota les dijo que esperaran hasta que se hiciera de noche, y cuando estaba tan oscuro que Luz apenas podía verse la mano, la mujer dio la señal.

—¡Vámonos!

Caminaron juntos bajo una capa de oscuridad, pero mientras Luz y Arturo marchaban detrás de la mujer, percibían que no estaban solos, que otras personas los seguían. Después de algunas horas, de repente alguien murmuró una sola palabra.

—¡Abajo!

Los tres se tumbaron al suelo, apegándose a él, metiéndose en él, queriendo que se abriera y se los tragara para salvarlos. Entonces una luz apareció. Como un ojo gigante, parecía venir desde muy alto, recorriendo lentamente el terreno. Nadie se movía. Sólo se oían los grillos y el crujir de la hierba en la suave brisa. Después de unos momentos que parecieron eternos, el ojo blancuzco no pudo descubrir aquellos cuerpos agachados detrás de las ramas y las rocas. El rayo de luz desapareció tan repentinamente como había aparecido.

—¡Vámonos!

La coyota se había puesto de pie otra vez y continuaron en lo oscuro por horas, caminando por terreno pedregoso y difícil. La coyota sabía pisar bien, pero Luz y Arturo tropezaban con rocas, y se deslizaban en agujeros de topos. Luz no había descansado ni comido desde que había salido del autobús. Estaba cansada, pero se forzaba a seguir, temiendo quedarse atrás si se detenía. Arturo estaba exhausto también, pero sabía que tenía reservas de energía, tanto para él como para Luz.

Estaba amaneciendo en el momento en que subían una colina, y al llegar a la cima, se quedaron pasmados con la vista que se extendía a sus pies. Su resuello agitado se entrecortó abruptamente mientras los ojos les brillaban, no pudiendo creer lo que veían. Allá abajo, aunque palidecido por la luz naciente del día, estaba un mar iluminado de calles y edificios. Un borrón de luces de neón creaba una masa de color delineada por una carretera que era una cinta de mercurio líquido.

Luz y Arturo se preguntaban si la fatiga les había causado espejismos, porque por todo lo que su vista podía recorrer había brillo, limitado en la distancia solamente por un vasto océano. A su izquierda veían las luces de San Diego desplegarse bajo ellos, y el corazón se les paró cuando se dieron cuenta que más al norte, donde sus ojos no podían alcanzar, estaba el punto de su destino. Sin pensar, Luz y Arturo se abrazaron y lloraron.

V

Las luces de San Diego se alejaban. La coyota había guiado a Luz y Arturo por una vereda interior, llevándolos más allá de la estación de Inmigración Americana de San Onofre, y de ahí cuesta abajo para conectar con la carretera. Un hombre los esperaba en su automóvil a unos metros, cerca de la calle Las Pulgas en la Carretera 5.

El chofer salió del auto al ver que se acercaban. Extendiendo una mano tosca, primero a Luz y después a Arturo, murmuró, —Me llamo Ordaz. Dio media vuelta hacia la coyota y le habló en inglés. Sus palabras eran familiares, como si se hubieran visto horas antes.

—Llegaste tarde. Estaba empezando a preocuparme.

—La vieja me atrasó.

La coyota le hablaba al hombre también en inglés, suponiendo que sus clientes no podían comprenderla. Entonces cambió al español para presentarse a Luz y Arturo.

—Me llamo Petra Traslaviña. Nací allá en San Ysidro, en una finca con lechería. Hablo inglés y español.

Hubo poca conversación entre ellos después de este primer encuentro. Los cuatro se apiñaron en una destartalada camioneta Pontiac, y con Ordaz al volante, se dirigieron al norte. La mujer sacó un paquete de cigarrillos mexicanos, fumándolos uno tras otro, hasta que Ordaz comenzó a toser. Quejándose, abrió la ventanilla.

—¡Por favor, Petra! ¿Nos quieres asfixiar de una vez?

—¡*Shut up!*— Callándolo, le replicó bruscamente la coyota acentuando el tono inglés.

A Luz se le grabó la frase porque le gustó el sonido. Le gustó más aún su eficacia, puesto que vio que Ordaz se había callado con la frase mágica. Interiormente, Luz empezó a practicar sus primeras palabras en inglés, repitiéndolas en voz baja.

Luz y Arturo permanecieron callados durante el viaje, principalmente porque estaban asustados por la rapidez con que Ordaz conducía. Luz, mirando por encima del hombro de la coyota, se dio cuenta de que no le gustaba lo que sentía u oía. También le disgustaba el olor del aire, y se sentía particularmente atemorizada por la neblina matutina. Cuando las luces de los autos que venían rompían lo gris, se le cerraban los ojos sin querer.

Las horas parecían interminables, y se sintieron aliviados cuando Ordaz por fin bajó el Pontiac de la autopista para cruzar las calles de Los Ángeles. Como niños, Luz y Arturo miraban por todos lados, estirando el cuello, dando vistazos con curiosidad por las ventanillas, viendo cómo la gente esperaba su turno para atravesar la calle. Luz se dijo que era tonta la manera en que la gente se movía en grupos. Nadie corría en la calle, saltando, lanzándose, evitando autos como sucedía en la Ciudad de México y en su país. Inmediatamente, echó de menos a los vendedores con sus mercancías, y los puestos llenos de bebidas y comidas.

De repente, sin conexión con lo que estaba pensando, Luz se percato de que no sabía adónde los llevaba la coyota. Pero, como si le estuviera leyendo los pensamientos, la mujer le preguntó, —¿Tienen algún lugar a dónde quieren que los lleve?

Sorprendida por la pregunta, Luz contestó tímidamente, —No, no tuvimos tiempo de pensarlo.

—Eso lo sabía. Ustedes son todos iguales.
La coyota dejó de hablar por un tiempo mientras le susurraba a Ordaz. En cambio, él sacudía la cabeza para contestarle. Pronto se entabló entre ellos un acalorado intercambio en inglés. Evidentemente, el chofer estaba en desacuerdo con lo que la coyota proponía. Al fin, cuando parecía que no tenía nada más que decir, encogió los hombros, aparentemente dándose por vencido. La coyota volvió a hablar con los pasajeros.

—Vieja, sé de un lugar donde pueden encontrar alojamiento y comida hasta que encuentren trabajo. Pero...— vacilaba. —¡Mierda!.. Sólo no les digan que yo los traje. No les caigo bien porque les cobro dinero.

Lo que dijo después fue murmurado y balbuceado. Luz y Arturo no la comprendieron, así que se quedaron callados, sintiéndose un poco incómodos y confusos. Para entonces, Ordaz ya estaba en el bulevar Cahuenga en Hollywood. Dio vuelta en una calle corta, y entró en el estacionamiento de la Iglesia Santo Toribio, donde el motor de la desvencijada camioneta se paró ruidosamente.

—Hasta aquí. Ya han llegado.
La coyota miraba directamente a Luz, quien creyó haber detectado una señal de admonición en los ojos de la mujer.

—Fue fácil esta vez, señora. Recuerde, no deje que *la migra* la agarre, porque no le puede ir tan bien la próxima. Pero si eso sucede, ya sabe dónde puede encontrarme: en la estación de Tijuana.

Otra vez, la coyota calló, parecía buscar las palabras. Entonces dijo, —No se pesquen ideas locas rondando con esta gente. Quiero decir, a ellos les gusta llamarse voluntarios, y harán lo que sea por nada. Yo no soy así. ¡Yo les cobraré dinero otra vez, créanme!

De un momento al otro, la coyota pareció apenada, y se movió en su asiento rígidamente, apuntando. Era una casa estilo español de dos pisos, al lado de la iglesia.

—¿Ven esa casa?

Luz asintió.

—Bueno, suban a la puerta de enfrente, toquen y díganles quienes son y de donde son. Se portarán bien con ustedes. Pero como ya les dije, ni mencionen mi nombre.

Se volvió hacia Arturo. —Cuídate, muchacho. He conocido a varios como tú que han muerto aquí.

Con la barbilla apuntó a la calle. Cuando Arturo abrió la boca para hablar, la coyota le cortó la palabra rápidamente. — Mis trescientos cincuenta dólares, por favor.— Extendió la mano sin saber que sus palabras tocante a los jóvenes que se parecían a Arturo habían tenido un impacto en Luz.

—Petra, por casualidad, ¿Ha visto a mi hijo? Se llama Bernabé, y se parece a este joven.

La coyota clavó los ojos en los de Luz. Cuando habló, su voz había perdido su brusquedad; era casi dulce. —Todos se parecen a Arturo, madre. Todos tienen la misma fiebre en los ojos. ¿Cómo podría yo reconocer a su hijo de entre todos los otros?

A luz se le estremeció el corazón cuando la coyota la llamó madre. Algo le decía que esta mujer conocía a Bernabé. Esta idea la llenó de esperanza, y con gusto buscó en la bolsa. Puso el dinero en las manos de la coyota diciendo, —Hasta pronto. Espero, Petra, que nuestros caminos se crucen tarde o temprano.

Les dieron a Luz y Arturo los paquetes que habían traído de México. Tan pronto salieron del auto, el motor arrancó ruidosamente, chorreando humo y aceite por el tubo de escape. Cuando desapareció la camioneta en la circulación de tránsito, ambos se dieron cuenta de que aunque habían pasado sólo tres días desde que salieron de México, habían penetrado un mundo desconocido para ellos. Se daban cuenta de que confrontarían días y meses, hasta años, llenos de peligros que ninguno de los dos podían imaginar.

Sintiéndose aprensivos, se acercaron sigilosamente a la casa que su guía les había indicado. No sabían que el edificio había sido un convento, y que ahora era un refugio dirigido por sacerdotes y otros voluntarios. Ninguno sabía que entraba en un santuario para los desvalidos, los indocumentados y los desamparados. Cuando los recibieron, Arturo y Luz se maravillaron de la calurosa bienvenida. Nadie les hizo preguntas. Más tarde, les dieron comida y un lugar para dormir.

VI

Casa Andrade, una extensión de la Parroquia de Santo Toribio, era una mezcla de inmigrantes y refugiados que habían inmigrado a los Estados Unidos desde México y Centro América. La casa era muchas cosas: hogar provisional, municipio, y centro de información.

Ni Luz ni Arturo jamás habían conocido una mezcla de gente como ésa. Ambos escuchaban atentamente a sus nuevos compañeros mientras platicaban sobre cómo habían llegado a Los Ángeles. Al final de cada relato, casi todos hablaban de los rumores que habían oído sobre la vida en Los Ángeles, de lo enorme de la ciudad, y de las dificultades de vivir ahí.

Poco a poco, Luz llegaba a comprender lo vasto del lugar al que Arturo y ella se habían aventurado, y entendió que aunque Bernabé estuviera en la ciudad, las probabilidades de encontrarlo eran remotas. El peso de este pensamiento deprimió a Luz, entristeciéndola.

Su falta de ánimo se acentuaba con su nuevo ambiente. Nunca había vivido bajo el mismo techo con tanta gente, algunos apiñados en cuartos de acuerdo con su familia, edad o sexo. Aunque hablara la misma lengua, y compartiera muchas de sus experiencias, Luz se sentía como extranjera. También se sentía incómoda, porque aunque los voluntarios eran amables, sabía que la comida y el refugio que recibía era de caridad. Luz siempre había trabajado para mantenerse, y por eso encontraba su estancia en Casa Andrade difícil de aceptar.

Trataba de compensar ayudando en la cocina, cuidando a niños que no tenían quien los cuidara, o limpiando la casa. Pero nada disipaba su sentimiento de dependencia. Batallaba también con un sentimiento obsesivo de confusión, de estar suspendida, o de estar esperando que algo pasara, aun sin saber qué o cuándo ocurriría. Extrañaba a su país, y mientras pasaban los días, le parecía que el corazón se le hundía en la nada.

Los eventos en Casa Andrade, sin embargo, estaban cargados de decepciones y desilusiones similares a los de Luz, y ella se asombraba de no ser la única que había perdido un hijo. De diario se anunciaban cartas y noticias que hablaban de niños, esposas, maridos y amigos que habían desaparecido en el levantamiento en El Salvador. Por la noche, una o dos personas se reunían con Luz para tomar un café, conversaban de lo mal que se estaba poniendo todo en su tierra día por día. Volver a ese país, afirmaban, significaría un castigo seguro, o tal vez la muerte.

Luz habló con Arturo para ver qué pensaba, pero pronto se dio cuenta que él no compartía su nerviosismo. En su lugar, vio que el joven había logrado más confianza en sus pocos días en Casa Andrade.

—Doña Luz, no he cambiado de opinión. Pienso seguir con mi plan. Me quedo. Uno de los compañeros de aquí me dijo que encontró trabajo, y que tal vez haya para mí. Con eso, podré pagar alquiler y donde vivir.

Luz consideró la situación por algunos días mientras se ocupaba de sus quehaceres. Había trabajado en México y había ahorrado dinero. Había hecho nuevas amistades ahí, y no se había sentido infeliz. ¿Por qué no esperar que lo mismo le ocurriera ahora en Los Ángeles? A lo mejor Arturo y ella podrían compartir donde vivir otra vez.

Luz pensaba en estas cosas cuando el refugio se estremeció con unas noticias alarmantes. El hijo de Doña Elena Marín, refugiada alojada en Casa Andrade, acababa de ser asesinado en El Salvador. Lo que hacía que esta tragedia fuera algo excepcional, era que el joven había sido trabajador voluntario en el refugio, y todos lo conocían.

Gilberto Marín había llegado a Los Ángeles años antes que su madre, y se había distinguido entre los otros por su devoción hacia los refugiados alojados en la casa. Poco después de la llegada de Doña Elena al santuario, el joven regresó al Salvador para ayudarles a otros a escapar a Los Ángeles. Y ahora uno de los empleados de la casa se enteró que lo habían matado al tratar de salir del país.

Los empleados de Casa Andrade quedaron asombrados con la pérdida de su compañero. En ese lugar, donde pérdidas y muertes eran asuntos casi cotidianos, el asesinato de un compañero de trabajo era, no obstante, espantoso. Al saberse la noticia, todos ellos, inclusive los sacerdotes de la parroquia, se reunieron en una larga sesión a puerta cerrada. Aunque los refugiados no sabían qué se había hablado, la angustia de cada uno de los compañeros era evidente cuando salieron de la junta.

Al día siguiente todos, refugiados y feligreses, asistieron a una misa celebrada en memoria de Gilberto Marín. Un dolor espectral llenaba la iglesia. Casi nadie lloró, pero una profunda tristeza marcaba esos rostros de hombres y mujeres. Varios sacerdotes se le acercaron a Doña Elena durante la liturgia, consolándola y alabando la devoción y generosidad de su hijo. Finalmente, al concluir la misa y como parte del homenaje, se cambió el nombre del santuario a Casa Gilberto, en memoria del joven.

Después de esa noche, Luz permaneció al lado de Doña Elena, apenas hablándole, pero mostrándole que se identificaba con ella. La angustia de la madre se le pegaba a Luz, penetrándola, haciéndose parte de ella. Al pasar los días, Luz reflexionaba aún con más intensidad sobre su propia situación y el paradero de Bernabé.

Luz se encontraba en este torbellino personal cuando la comunidad fue sorprendida con más noticias acerca de Gilberto. Para la confusión de todos, corría el rumor de que el primer aviso de la muerte del joven fue un equívoco. Gilberto estaba vivo y en camino a Los Ángeles.

Esta contradicción de los hechos desconcertó a la gente del refugio. Algunos creyeron que era una broma de mal gusto. Otros decían que alguien quería estimular en Doña Elena una nueva, aunque falsa, esperanza. Casa Gilberto zumbaba con aquellas voces incrédulas, y nadie sabía qué creer de lo que había oído. Por fin, uno de los sacerdotes convocó a todos en el vestíbulo de la iglesia, y calmadamente confirmó que la noticia de la muerte de Gilberto había sido basada en un informe equivocado. El joven estaba vivo.

De pronto, las palabras del sacerdote dejaron al grupo sin aliento. Luego alguien comenzó a aplaudir, y pronto empezaron a darse palmadas y a abrazarse con fuertes gritos de alegría. Cuando voltearon a ver a Doña Elena, sin embargo, vieron que estaba tan asombrada que estaba a punto de desmayarse. Algunos se precipitaron a recostarla contra la pared hasta que unas mujeres la ayudaron a su cuarto.

Luz no supo cómo reaccionar. Se le habían helado las manos, y el corazón le latía tan fuerte que el resuello la ahogaba. Se sentía desgarrada. Por un lado se sentía aliviada de que Gilberto estuviera vivo después de todo, pero por otro, se sentía llena de ira y frustración. Se ponía en el lugar de la madre de Gilberto, quien había sentido la angustia de creer que había perdido a su hijo.

Luz sintió una urgencia irresistible de confrontar al sacerdote que les había dado las noticias en esa manera tan fría. Ansiaba darle una bofetada, o insultar a los empleados tontos que no hacían nada más que poner cara de bobos. Quería fulminarlos con su indignación. La madre de Gilberto había sufrido intolerablemente, y todo a causa de un estúpido error de uno de ellos.

Dándose cuenta de que estaba a punto de perder el control sobre sí misma, Luz fue a su cuarto donde se quedó en la oscuridad por largo rato. Horas más tarde, fue al cuarto de Doña Elena. La encontró pálida y demacrada, pero en sus cinco sentidos.

—Doña Elena, no sé que decirle. ¡Qué cruel..!

—Por favor, no se sienta mal a causa mía,— contestó la señora. —Está vivo. Eso es lo único que importa.

Luz no quiso hablar más. No pudo. En su lugar, se sentó al lado de Doña Elena tratando de contener la ira que todavía sentía. ¿Qué les estaba pasando? se preguntaba. ¿Podría ella continuar viviendo en tal estado de inseguridad? ¿Podría sobrevivir en una vida que la había dejado tan fragmentada y confundida?

Durante los días siguientes, la exasperación se le disminuyó a Luz, y por varias noches meditó sobre las palabras de Doña Elena. Poniéndose en su lugar, pensó en la alegría que sentiría si Bernabé estuviera de vuelta en su vida. Sí, su angustia y agonía desaparecerían. Todo lo demás se olvidaría si volviera. Luz ansiaba renovar la búsqueda de su hijo, pero permaneció tranquila porque se dio cuenta de lo difícil que sería encontrarlo en esa ciudad.

Una vez que aceptó esto, le fue más fácil hablar con Arturo otra vez. —Hijo ¿qué piensas si tú y yo encontramos un lugar para vivir? Yo trabajaré, todavía estoy fuerte.

Esta vez él no titubeó, y parecía aliviado. Acercándose a Luz, la abrazó. —Tenemos que quedarnos por ahora. Estaremos protegidos aquí.

VII

Durante aquellos años de los ochenta, Luz y Arturo hicieron lo que tantos salvadoreños hicieron: se unieron con los otros; gente desplazada, desarraigada, desorientada. Ola tras ola de refugiados llegaban a diario a Los Ángeles, perseguidos por fantasmas de dolor y terror, y por agentes de inmigración.

Juntos, Arturo y Luz fueron testigos de los conflictos que se desataron al sentirse rechazados y desdeñados. Dentro de este torbellino de confusión y frustración, los dos mantuvieron siempre una relación de madre e hijo, trabajando y luchando para salir adelante. Como tantos de los suyos, ellos también trataban de olvidar aquellas memorias terribles que los acechaban durante cualquier momento de silencio. Ella lucha-ba con el recuerdo de sus pecados, y con la sombra del abuelo Delcano que la convencía de que todo lo que le estaba pasando era su culpa. Arturo también se sentía atrapado por la imagen de su familia asesinada.

Se mudaron a un pequeño apartamento. Él encontró tra-bajo cambiando llantas en un taller, y ella comenzó a ganarse la vida limpiando casas durante la semana. Sin embargo, Luz pasaba todos los sábados y domingos en la cocina de la iglesia, preparando comida para los recién llegados.

Y así pasó casi toda la década, y mientras transcurrían los años Luz y Arturo se convirtieron en parte íntegra de Casa Gilberto. La risa contagiosa de ella hacía eco en los pasillos y salones, y sus palabras de consuelo y ánimo siempre ayudaban a dispersar las ansiedades de los refugiados que llegaban a Santo Toribio.

VIII

Los Ángeles - Octubre de 1989.

Una tarde, cuando el sol se filtraba por las ventanas de su apartamento, Luz y Arturo conversaban sobre su trabajo en Casa Gilberto. El ruido de autos y de peatones se había calmado, y las cortinas se mecían en el aire suave de la noche que caía.

Sin aviso, la puerta sé abrió de par en par, y cinco hombres irrumpieron en el apartamento, lanzándose hacia donde Luz y Arturo estaban sentados. Dos llevaban pañuelos que les cubrían la cara. Los otros llevaban máscaras de carnaval; carátulas deformadas, grotescas.

Sucedió tan rápidamente que Luz y Arturo se quedaron atónitos. Se congelaron en su asiento, paralizados del miedo, y los segundos se petrificaron en una eternidad. Los ojos de Luz se le salían de terror e incertidumbre, mientras sus labios temblaban en un esfuerzo de pronunciar palabras que se le quedaban trabadas en la garganta.

Horrorizada por esas caras enmascaradas, comenzó a vomitar. Un líquido blancuzco le salía de la boca. Mientras tanto, Arturo se dio cuenta de lo que pasaba antes que Luz. Saltando, intentó resistir el ataque, proyectando su cuerpo, con los brazos extendidos hacia los asaltantes. Pero fue en vano. Los hombres le agarraron los brazos y las piernas, jalando y torciendo. Luz alcanzó a oír el crujido de huesos, y los lamentos de Arturo, pero los aullidos de los atacantes pronto ahogaron sus gritos.

—¡Cabrón!

—¡Hijo de tu puta madre!

—¡Que te joda el diablo!

Los gritos enronquecidos y los insultos pronto fueron superados por rápidas ráfagas de fuego. Las explosiones que llenaban el aire lo cancelaron todo para Luz. Borraron pensamiento, destruyeron sentimiento, mataron toda esperanza. Sólo tomó segundos, y en ese breve intervalo, Luz comprendió la rapidez del humo y del fuego. Los ojos le transmitieron al cerebro la eficiencia con la cual un arma puede matar. La cegaban las llamaradas de las armas que acribillaban el cuerpo de Arturo, llenándolo de muerte. Para Luz, los disparos que llovían de esas armas eran lenguas de serpientes, mortales y venenosas, y su vómito devoraba a Arturo, arrebatándoselo. Ella fue testigo de la matanza de su hijo como si hubiera sido un puerco, o un perro rabioso.

De repente, las explosiones cesaron, y tan abruptamente como habían comenzado, los atacantes abandonaron el apartamento. Cuando el fétido humo se elevó al techo, Luz se encontró sola. Estaba echada en el piso, con las piernas tirantes hacia adelante, rígidamente separadas, mientras acurrucaba el cuerpo de Arturo en los brazos. La sangre le goteaba de los codos, y se lamentaba y lloraba mientras se mecía de un lado al otro.

Aturdida hasta casi la locura, Luz empezó a cantar. Era una fúnebre canción de cuna por su hijo muerto. Mientras canturreaba, tenía la mirada inmóvil y fija, los ojos en blanco, anclados en la huella sangrienta de una mano tatuada en la pared.

Cuando la policía entró al apartamento, les fue difícil comprender lo que había ocurrido. Balas de ametralladora fueron extraídas de la pared, del techo y del piso, pero los investigadores no pudieron dar con explicaciones lógicas para la brutalidad, ni comprender por qué habían masacrado al hombre, mientras que la mujer había quedado ilesa.

Las preguntas que hacían permanecieron sin respuesta, y la policía se quedó sin más evidencia que la mirada muda de Luz, y su cuerpo desplomado. Los oficiales tuvieron que descifrar lo que quedó de la evidencia a su propia manera: un cuarto hecho pedazos por la balacera, el cuerpo de un joven casi descuartizado, y el enigma de la huella de una mano sangrienta marcada en la pared.

—Díganos quien lo hizo.

—Señora, podemos ayudarla si nos dice lo que sabe.

—¿Cuántos eran?

—¿Cómo eran?

—¿Se robaron algo de valor?

Luz contestó solamente a esta pregunta. —Se llevaron a mi hijo Arturo.

Cuando las noticias de la muerte de Arturo llegaron a Santo Toribio, los sacerdotes y algunos voluntarios se precipitaron a la estación de policía para ayudar a Luz. La policía aclaró que no había dicho casi nada. Puesto que no le pudieron sacar ninguna información aparte de su nombre y el nombre de su hijo, los detectives concluyeron que había sufrido una embolia, o tal vez una crisis de nervios, y la llevaron al hospital del condado.

En lo que tocaba al crimen, el reporte afirmaba que la policía se negaba a aceptar la huella de la mano sangrienta encontrada en la escena del crimen como evidencia; fue interpretada como un truco destinado a despistar a los investigadores. El homicidio fue clasificado como obra de pandilleros, y referido para ser investigado por vías rutinarias.

Durante el examen médico en el hospital, Luz permaneció callada aunque la policía continuó el interrogatorio.

—¿Saben los sacerdotes y esas otras personas quién le puede haber hecho esto a su hijo?

—¿Por qué insisten en que la muerte de su hijo no fue asunto de pandillas?

¿Qué los hace decir eso, señora?

—Si no fueron pandilleros, entonces, ¿quién carajo fue? ¿Y por qué fue?

—¿Era su hijo adicto a las drogas? ¿Vendía drogas?

—Sus amigos quieren llevarla a la iglesia, pero usted comprende que no podemos permitir eso.

El examen general de Luz no llegó a revelar evidencia de daños físicos ni de crisis de nervios, y le dieron de alta. Mientras tanto, la policía rehusó utilizarla como testigo, así que su caso fue dado a las autoridades de inmigración, quienes la sometieron a más interrogatorios. Luz no quiso contestar a las preguntas de los oficiales que tenían que ver con sus documentos, y no pudo dar pruebas de su residencia legal. Fue declarada extranjera ilegal, sujeta a deportación inmediata.

A Luz no le importaba lo que pasaba porque se había aislado a un mundo solitario. Después de que la policía había terminado de interrogarla, y los doctores y las enfermeras terminaron de sondar su cuerpo, su alma escapó. En el momento en que los agentes de inmigración le pedían sus papeles, el espíritu de Luz se había refugiado en un nicho que nadie podía encontrar. Sólo ella podía oírse hablar.

"Bernabé, ¿dónde estás, hijo? ¿Asesinaron a Arturo, o a ti? ¿Por qué está todo en ruinas? Todo es oscuridad."

Los sacerdotes y voluntarios de Casa Gilberto hicieron todo lo posible por poner a Luz en libertad. Pasaron horas en el teléfono, llamando a gente influyente entre los oficiales de la ciudad y a personas de negocios, pero todo fue en vano. Luz iba a ser deportada por seguro.

La llevaron a un centro de detención una mañana nublada de noviembre. Antes de que abordara el autobús que la iba a llevar a Tijuana, uno de los trabajadores de Casa Gilberto le entregó un rollo de billetes.

—Buena suerte, Doña Luz. Espero que nuestros caminos se crucen un día pronto.

Mientras el autobús aceleraba rumbo al sur, Luz lloraba y murmuraba, jurando en voz baja. —Nunca volveré a este lugar de muerte. ¡Nunca! ¡Nunca! Arturo, hijo mío, ¿por qué te mataron? —Luz pausó y después siguió hablando. —Y Bernabé, ¿dónde estás? Te lo juro que te encontraré, hijo mío. ¡Lo haré! Y cuando te tenga en mis brazos otra vez, nunca jamás nos separaremos!

IX

Una vez en la autopista Luz dejó de llorar, y a medida que
el autobús aceleraba, ella se calmaba. Se sentó erecta,
escuchando a sus pensamientos, e interiormente regresaba a
los hechos de su viaje al norte desde El Salvador. Su meditación
se concentraba en Arturo, quien sin saberlo la había ayudado.
Revivía muchas de las conversaciones; la mayor parte de ellas
aún le hacían eco en la memoria. Entonces se le apareció la
imagen de Arturo; Luz lo podía ver. Su rostro, sin embargo, se
borró abruptamente al recordar la balacera que le había apa-
gado la vida.

Suspiró Luz al pensar que regresaba de donde había
venido, y que llevaba las manos vacías porque volvía sin Bernabé.
Su tristeza era doble porque también había perdido a Arturo.

Cavilando, Luz miraba por la ventanilla con ojos vacíos,
distraídos, y sus pupilas reflejaban las lomas californianas,
sus edificios y carteleras. Entonces, después de algunas horas,
comenzó a advertir una sensación extraña. Sintió que se
calmaba el dolor que le había azotado el corazón después de la
muerte de Arturo. Una distancia creciente entre cuerpo y
espíritu se apoderaba de ella, como si su alma se transportara
lejos del dolor, uniéndose a Arturo y a Bernabé. Al notar esto,

Luz se concentró en sus emociones tratando de aclararlas, de comprender su significado. Después de un rato, se dio cuenta de que era que volvía a sus principios, al lugar de su origen, a donde le esperaba la verdad.

Cuando el autobús llegó a Tijuana paró en la frontera del lado estadounidense, donde se les ordenó a los pasajeros que se bajaran. Al bajarse del vehículo, empujando y tropezándose, un agente norteamericano dirigió a la primera persona al lado mexicano de la frontera, y en voz alta ladró, —¡Váyanse!

Arrastrando los pies, los deportados se movían hacia el otro lado, pero alcanzaban a oír la burla y comentarios de los agentes.

—¡Adiós! ¡Hasta siempre!

—Oh, ya volverán. ¿Qué me apuestas?

—A los mojados les gusta viajar de gratis.

Luz refunfuñaba en voz baja. —¡Cabrones! Dejamos nuestro sudor y nuestras lágrimas en su tierra, y se atreven a burlarse de nosotros.

Una vez fuera del autobús, sintió que las piernas, entumecidas de tantas horas sentada en el estrecho asiento del autobús, no podrían sostenerla. Pero sus pasos, inseguros y tambaleantes al principio, recobraron su energía, y Luz comenzó a caminar con más confianza. Aunque todavía se sentía envuelta en su tristeza, sus reflexiones durante el viaje a la frontera la habían llenado de una nueva determinación.

Buscó a alguien que le diera información, y se fijó en una muchacha. —Hija, ¿dónde está la estación de camiones que van al sur? —La jovencita le informó que la terminal estaba en Mesa Otay. —Bien, muchas gracias.

Al moverse entre la muchedumbre, Luz sentía que sus fuerzas le volvían, regenerándola. Llamó un taxi, y al entrar en el auto le sonrió al chofer. —La camionera hacia el sur, por favor.

Cuando llegó a la estación, le informaron que el próximo autobús rumbo a Guatemala y El Salvador debía salir esa noche a las ocho. Después de comprar su boleto, tomó un asiento en el restaurante para esperar que las horas pasaran. Ahí se puso a pensar en la gente que había conocido, en todos aquéllos con quienes había trabajado en sus años de búsqueda en Los Ángeles.

A las siete y media, el micrófono chisporroteó ruidosamente, llamándoles la atención a los pasajeros. Una voz gangosa anunció que el autobús al sur comenzaba a recibir a los viajeros en la zona de embarque. Llegando a la plataforma, Luz se colocó en el autobús que le marcaría sus pasos de vuelta a El Salvador. Ya en el asiento, empujó el marco desvencijado de la ventanilla a un lado mientras clavaba los ojos en la nube de caras bajo ella: algunas sonreían, pero otras estaban delineadas con tristeza.

Cuando el autobús se echó a caminar, Luz se recostó y cerró los ojos mientras trataba de evocar la imagen de su hijo perdido. ¿Lo vería otra vez?, se preguntaba mientras el camión tomaba camino. Pensó en el curso de su vida y en la sombra del pecado que siempre la acechaba. Sus pérdidas habían sido grandes, y no hubo nada que ella pudiera haber hecho para impedirlas.

Tercera Parte

... guerrillas y tropas del ejército lucharon en la capital durante el segundo día de una ofensiva de las guerrillas que ha dejado centenares de muertos y heridos... La lucha del fin de semana entre las tropas del ejército y un grupo estimado en 1,000 guerrilleros ha sido la peor en 10 años de guerra civil.

Los Ángeles Times, el 13 de noviembre de 1989

I

San Salvador - La segunda semana de noviembre de 1989.

—Dejé esta ciudad en búsqueda de mi hijo porque desapareció hace años en estas mismas calles, en algún lugar cerca de la catedral. Esto pasó el día que enterraron al arzobispo. Pero ahora he vuelto con las manos vacías.

—Por favor, no piense que me descuidé al perder a mi hijo. Bernabé y yo andábamos entre los dolientes, pero porque él cargaba la cruz de la procesión, él estaba a la cabeza y yo detrás. Una vez que el fuego de ametralladoras comenzó, todos nos pusimos como ganado espantado. Hubo una confusión que hasta este día no la puedo describir.

—Cuando oímos los disparos, gritamos y empujamos, tratando de escapar. No le quitaba los ojos a mi hijo, pero de repente, desapareció. Al mismo tiempo me caí y todo se oscureció. No sé decir cuánto tiempo estuve en ese estupor. Cuando volví en Mí, la calle estaba vacía excepto por los muertos y algunas personas que lloraban. Los demás habían huido, esperando salvar sus vidas.

—Lo único en que podía pensar era en el paradero de mi hijo, pero no lo encontré a pesar de haber recorrido las calles gritando su nombre. Toqué en puertas, exclamando su nombre, pero nadie tuvo el valor ni de sacar la nariz a la ventana. Cuando volví a la catedral esperando encontrarlo, todo lo que encontré fue gente perdida y confundida.

—'¿Ha visto a mi hijo?' preguntaba una y otra vez, pero me miraban como si hubiera perdido la cabeza. Me acuerdo que me dirigí a una mujer sentada al pie del altar mayor y le pregunté, —¿Ha visto a mi hijo?— Nunca olvidaré sus ojos. Eran piscinas de lodo negro, ojos fríos, vacíos, y me contestó, 'Usted busca a su hijo y yo estoy sentada aquí esperando morirme. Espero seguir a mis niños. Todos murieron hoy. Un soldado le disparó en la cabeza a cada uno. Usted busca a su hijo. Yo perdí los cuatro míos.'

—Sí, Padre, esto pasó hace muchos años, pero no he dejado de buscarlo. No me quedé aquí en esta ciudad porque todo el mundo me dijo que acaso Bernabé haya tomado un autobús rumbo al norte. Muchos jóvenes hicieron lo mismo porque temían perder la vida. Y yo los seguí.

—Mi viaje ha sido largo. Viajé primero a México, después a Los Ángeles, ahí pasé años esperando encontrarlo. Pero no lo encontré, así que volví a San Salvador sólo para encontrar suspiros y muerte y ecos de muerte. He andado por las calles a diario, preguntándole a la gente si por casualidad habían visto a mi hijo alguna vez.

—Fui a Soyapango y encontré calles estrechas y pasajes derrumbados, atestados de moribundos. Cuando fui a Cuscatancingo a la iglesia donde mi hijo ayudaba a la misa, encontré a hombres luchando entre sí como perros rabiosos. La iglesia estaba en ruinas, la imagen de Nuestra señora acribillada de balazos, y el sacerdote no pudo contestar a mis preguntas relacionadas con Bernabé. Tenía los ojos sin expresión, como los ojos de un muerto. Entonces, cuando llegué a Zacamil, a la iglesia de Cristo Nuestro Salvador, encontré un anuncio clavado a la puerta. Decía: 'No entre. Este es un campo minado.'

Luz Delcano le hablaba rápidamente en inglés y en español a un sacerdote que apenas conocía, el Padre Hugo

Joyce. Estaba sentado junto a ella en el piso de concreto del refugio. También había otros hombres, mujeres y niños, en su mayoría Salvadoreños, quienes estaban ahí para escapar de la batalla entre los guerrilleros y las tropas del gobierno.

—Padrecito, a lo mejor usted ha visto a mi hijo. No es muy alto. Es delgado y tiene una cara bonita con ojos redondos y llenos de luz. Tiene el pelo café y no muy rizado. Tiene las manos de un artista, de pequeños dedos. ¿Tropezó con él en Los Ángeles? Alguien me dijo que usted es de ahí, aunque nunca lo vi en nuestra iglesia los domingos.

—Señora, no soy de Los Ángeles.

Las palabras de la mujer se opacaban en la mente del sacerdote. Varios meses de fatiga extrema lo abrumaban, y luchaba por mantenerse despierto. No era a causa de ella, sin embargo, que el sacerdote resistía la necesidad de dormir, sino porque tenía miedo. Temía encontrarse solo con pensamientos y memorias que lo enjuiciaban y lo machacaban, recordándole lo que quería olvidar. Había venido a San Salvador esperando liberarse de sus pesadillas, pero tenía miedo de que si se dormía, comenzarían de nuevo otra vez.

Hugo se esforzó en escuchar lo que decía la mujer, azorándose de la ironía de que ella dijera que no lo había visto en la iglesia. No lo habría visto allí aunque hubiera vivido en Los Ángeles, porque el Padre Hugo no era cura de parroquia. Era profesor de universidad, alguien que escribía artículos y ensayos. No era un ministro que casaba a la gente y luego les bautizaba los niños. Era un erudito que publicaba trabajos que otros investigadores leían.

Era esto, y más, porque también se había hecho parte de los más altos de la universidad, esa camada de dirigentes que encabezaba la institución. Él siempre se había enorgullecido de su trabajo, y no echaba de menos la vida opaca de un sacerdote pegado a la iglesia, al púlpito o al confesionario. Al contrario, le había gustado ser erudito y poderoso, y había amado aún más el desafío del poder.

—¿Qué carajo estoy haciendo aquí?

El sacerdote murmuraba, pensando que debía haber parecido repulsivo. Luchando para mantener abiertos los ojos enrojecidos por falta de sueño, se pasó los dedos por el pelo rojo, desgreñado y pegajoso a causa de la suciedad del refugio. Sintió que la barba, con más de un día sin afeitar, le picaba. Pensó en la matanza que se llevaba a cabo en las calles.

"Huguito, Chico, tú eres parte del paquete. ¿Cómo crees que consiguieron esas armas?"

La voz le sonó inesperadamente al oído del sacerdote, haciéndolo saltar, pero su sorpresa fue momentánea. El Padre Hugo ya se había acostumbrado al sonsonete que le robaba el sueño noche tras noche desde que Guty Sinclaire había muerto en un avionazo. El sacerdote odiaba la voz. Como antes, quería ahogarla totalmente.

—Cállate.

—¿Qué dijo, Padre? ¿Quiere que me calle?

—No, señora. Por favor. Pensaba en otra cosa. La estoy escuchando.

—Llegué aquí hace pocos días. Me botaron de Los Ángeles...

La mujer interrumpió repentinamente lo que estaba diciendo, luego miró al sacerdote. "Dígame, Padre, ¿Cómo se llama usted?"

—Soy el Padre Hugo.

—Padrecito Hugo, ¿por qué abandonó su tierra donde estaba a salvo? ¿Por qué vino aquí donde sólo hay muerte y tristeza? ¿Cuándo llegó aquí? ¿Vinieron otros con usted?

Las preguntas de la mujer empezaron a roerle los nervios al sacerdote. Se sentía mareado, y empezó a sudar. No sabía qué decir, así que se quedó callado.

"¿Qué te pasa, Huguito? ¿Tienes miedo de las preguntas de la vieja? Anda, dile la verdad."

El Padre Hugo no le hizo caso a la voz que le reverberaba en la cabeza. En vez, intentó sonreírle a la mujer, pero abandonó la idea porque sabía que se vería ridículo, artificial. Sintió alivio al oír el rugir de los helicópteros y las ametralladoras irrumpiendo la noche salvadoreña, puesto que el ruido bloqueaba enteramente la voz sarcástica que le timbraba en los oídos. El sacerdote se concentró en la mujer.

—Padrecito, temo por mí misma, pero especialmente por mi hijo. Debe andar por ahí en lo oscuro oyendo la confesión de alguien. Él se preparaba para ser sacerdote, igual que usted. O tal vez esté ayudándole a alguien a morir en paz. Me voy a buscarlo.

La mujer hizo un esfuerzo para pararse, pero era difícil porque tenía las rodillas demasiado débiles para su cuerpo pesado.

—No, no, señora, siéntese, por favor. Usted no puede irse ahora. Ninguno de nosotros puede. Tenemos que permanecer aquí hasta que salga el sol, o hasta que la pelea se acabe. Trate de descansar. Mire a los otros. Todos están descansando para recuperar su energía.

Ella miró a su alrededor tal como el padre se lo había pedido. —No, Padre. Mi hijo puede estar esperándome. Soy su madre y debo buscarlo. Lo siento aquí dentro.— Se apuntó al corazón.

—Espere un rato. ¿Por qué no se queda y me cuenta acerca de usted y su hijo? Usted dice que ha estado en Los Ángeles. Hablemos. Quizás, sí, sí, quizás yo sepa algo de su hijo Bernardino.

—Bernardino, no. Bernabé.

La mujer se dejó caer pesadamente al piso de cemento, donde se acomodó junto al padre. —Padre, necesito confesarme. Su cara reflejaba una intensidad que sorprendió al Padre Hugo pero él no quería oír su confesión; no había oído una en años.

—Señora, siento decírselo, pero no estoy preparado.

—¿Qué quiere decir, Padre? ¿No está un sacerdote siempre preparado para estas cosas?

—Quiero decir que no traigo la estola ni...

—¡Eso no significa nada para mí. Usted es un sacerdote, y eso es todo lo que cuenta!

El tono de la mujer irritó al Padre Hugo porque se sintió acorralado, obligado a hacer lo que no quería. Se acordó, no obstante, que el silencio de ella significaba la vuelta de la voz criticona.

—Muy bien, señora. Comience.

—Padre, me llamo Luz Delcano y soy pecadora. Mi hijo Bernabé es el amor de mi vida pero es el fruto de mi pecado. Amé a su padre y dejé que me amara aunque él estaba casado con otra mujer, y nunca he lamentado, ni me he arrepentido de mi amor. Eso es pecado, ¿verdad?

El sacerdote se enfadó con la pregunta de la mujer.

—Amar no es pecado.

—Lo siento, no quise decir amar; sé que no es un pecado. ¡Quiero decir, el no arrepentirse! Nunca me he arrepentido de lo que hice. Si el padre de Bernabé apareciera aquí en este momento, lo repetiría todo otra vez con él. A veces, de noche sobretodo, pienso que cuando muera iré al infierno. Pero, quizás ya estamos en el infierno. ¿Usted qué piensa, Padre Hugo?

Las palabras de Luz se alejaban, y la mente del padre empezó a divagar. Pensaba en el infierno, en el remordimiento, en lamentarse de sus hechos.

"Apuesto a que nunca te arrepentiste, ¿verdad, Huguito? No tú, ese sacerdote famoso que siempre eras. ¿Quién hubiera adivinado que eras un hijo de la gran puta?"

Hugo cerró los ojos y le ordenó al cerebro que escuchara a la mujer. De repente, se alegró de oír su confesión porque bloqueaba las palabras que le hacían eco en los oídos.

—Hoy fui a mi barrio aquí en San Salvador, cerca de Santa Marta. Encontré a mi comadre Aurora llorando porque le habían matado al esposo. No puedo imaginar por qué alguien lo mataría; era un buen hombre. Solía beber un poco a veces, pero era un buen hombre.

El Padre Hugo supo que esto ya no era una confesión, pero no la interrumpió porque temía volver a sus propios pen-

samientos. Así que escuchó las divagaciones de la conversación de Luz.

—Mi comadre Aurora tenía tres hijos, pero me dijo que
todos han desaparecido. Ahora que su esposo está muerto,
quién sabe cómo se las va arreglar para vivir.

—Padrecito, mi amiga Aurora está casi inválida. Hace
muchos años, aún antes de la muerte del arzobispo, ella lava-
ba ropa en el río con el resto de nuestro grupo. De repente,
oímos disparos. Todas corrimos, pero Aurora, queriendo
recoger sus cosas, perdió tiempo y ventaja. Cuando decidió correr, era demasiado tarde. Una bala le hizo astillas la rodilea. La
cargamos al hospital, pero cuando por fin pudieron atenderle
la herida, era demasiado tarde. No le pudieron enderezar la
pierna. Ahora camina como araña, tirando la pierna de atrás
para adelante enpasitos, haciendo que se le columpie el cuerpo
grotescamente. Pobrecita.

—Señora, la absuelvo...

—No, Padre. ¡Todavía no he acabado! Tengo más que
decirle. Míreme, por favor. Si lo hace cuidadosamente, notará
en mí muchas cosas. Por favor, míreme el rostro. ¿Qué es lo
que ve?

El Padre Hugo hizo un esfuerzo en la tiniebla para verle
el rostro a Luz.

—Veo una cara buena.

—¡Usted se equivoca! Perdóneme, Padre, pero sus ojos no
ven la verdad. No ven que dentro de mí hay un lago de lodo,
negro y apestoso, tal como una persona que ya está en el
infierno.

El sacerdote se sorprendió de la intensidad con que hablaba la mujer. Decía todo esto en inglés, y aunque tenía la caden-
cia de un fuerte acento, sus palabras marcaban su convicción.
Inseguro de lo que debería decir susurró. —Perdóneme, señora,
pero no veo ningún pecado. No veo el lodo.

—¿Sabe usted que por poco me disparan cuando caminaba por los barrios? ¿Sabe usted lo que vi? Vi matar a mucha
gente. Corrían en todas direcciones, trataban de esquivar las

balas que volaban por todos lados. Algunas de esas pobres personas hasta ondeaban banderas blancas, no verdaderas banderas, pero trapos y manteles, hasta camisas. Querían que la matanza se fuera a otro lugar. Pero sus banderas no los ayudaron porque dondequiera había cadáveres y partes de cadáveres. La pestilencia a mierda humana era terrible.

Luz se calló, otra vez haciendo que Hugo le preguntara si había terminado su confesión.

—No, Padre, tengo más que decir. Soy pecadora y le pido que me bendiga porque he pecado muchas veces. Cuando era una muchacha de apenas trece años, provoqué que mi abuelo cometiera un gran pecado. Fue mi culpa. De eso siempre he estado segura, porque como usted podrá ver, en ese momento él estaba ya muy viejo, y había pasado la edad de la tentación. He estado pagando desde entonces.

Luz comenzó a sollozar, y luego a llorar ruidosamente. Uno o dos de los refugiados empezaron a rezongar, diciéndole que se callara.

—Señora, Dios perdona nuestros pecados. Conoce nuestras debilidades, y Él no busca la venganza.

—¡No!

Otra vez, la fuerza de la mujer sobresaltó al sacerdote. Se arrepintió de haber usado palabras tan obvias.

—Algunos pecados no tienen perdón, Padre. Como los pecados de mi gente. ¿Por qué será que nos están masacrando como si fuéramos puercos? Es a causa de nuestros pecados, porque hemos hecho solamente lo que el cuerpo nos pide, y nunca hemos escuchado lo que es bueno en esta vida.

—Señora. ¡Usted se equivoca! Están matando a esa gente allá afuera no por causa de sus pecados, sino por la avaricia y crueldad de otros.

Ella permaneció callada esperando que el padre continuara, pero ahora era él quien le daba rienda suelta a la voz interior.

"Hugo, ¡Qué cabrón hipócrita eres! Córtale a esa mierda, y deja de culpar a los otros. ¡Sigue! Háblale de tu propia avari-

cia. ¿Por qué no confiesas tus propios pecados? Dile a la vieja
que eres tú quien es una porquería, no ella."

El Padre Hugo se forzó a ahogar la voz de Guty pidiéndole
a Luz que hablara. —Señora, por favor, continúe con su confesión.

II

Luz Delcano terminó su confesión. El padre permaneció callado por varios minutos antes de hablar. —Señora,— le dijo suavemente, —eso no habría sido su culpa. Lo que pasó no fue su pecado sino de su abuelo.

Ella también guardó silencio antes de responder. Entonces le dijo, —No hay remedio, Padre. Nada cambiará. Además, ¿Qué importa? Todo está en el pasado.

Luz se hundió en un profundo silencio mientras los ladridos de los perros en la distancia penetraban las paredes del refugio durante una tregua, pero cuando las explosiones comenzaron de nuevo, los aullidos cesaron. Las repentinas ráfagas de fuego asustaron a Hugo, y la cabeza se le sacudió sin quererlo, causándole un dolor agudo en el cuello. Después de esto permitió que sus pensamientos vagaran a la deriva.

Voces del barrio donde creció le vibraban en la cabeza, bloqueando las detonaciones de rifle y de ametralladora. Hugo oía ruidos distantes y eran tan leves que el cuerpo se le puso en tensión tratando de distinguirlos. De repente, captó la resonancia melodiosa de la voz de un niño; la de un soprano cantando en el coro de la parroquia. Reconoció su propia voz.Las palabras en latín se hacían agudas, transportando al padre a la Bendición Dominical.

"Tantum ergo Sacramentum Veneremur cernui..."

Entonces vio la casita en la cual su hermano, su hermana y él habían crecido. Vio la empobrecida y desolada cocina donde su madre se doblaba desganadamente sobre el fregadero mugriento mientras su padre, sentado a la mesa, la observaba con la mirada vacía.

La aparición pareció derramar un rayo de luz en la oscuridad del refugio. La calle donde Hugo jugaba a la pelota con otros niños tomó forma ante sus ojos. Todo le pareció tan real que extendió la mano, esperando tocar algo delante de él.

—¿Qué pasa, Padre? ¿Quiere algo?

—No, señora. Estoy rezando. Trate de dormir.

El Padre Hugo quería que la mujer hiciera lo que le pidió. Ahora sí quería quedarse solo con sus pensamientos, rendirse a la fatiga causada por los eventos de ese día. Estaba cansado por el viaje monótono en el avión, y por el choque de haber encontrado a San Salvador absorto en una batalla másgrande y más sangrienta de lo que él se había imaginado. Más que nada, no había esperado sentirse forzado a meterse en aquel refugio escuálido, lleno de extraños, sin saber cuándo podría salir.

El sacerdote había abandonado la universidad sin haber pedido permiso para ausentarse, tan desesperante era su necesidad de escapar a las noches de insomnio que lo habían atormentado con caras y voces del pasado. El Padre Hugo se había dicho que estos disturbios se los causaba la mente, la cual estaba cansada y le fallaba. Estaba convencido que la tensión provocada por los recientes eventos de su vida le habían carcomido los nervios, y se aseguraba que si empezaba de nuevo, su agitación desaparecería. Las voces, sin embargo, se repetían. Fue como si sus memorias le olfatearon las huellas, siguiéndolo y encontrándolo entre los aterrorizados refugiados. Ahora el Padre Hugo, demasiado exhausto para poder resistir, se abandonó a sus pensamientos tenebrosos.

Las imágenes de su pasado empezaron a deslizarse hacia él, dando media vuelta mientras se desplomaba contra la pared. Ahí estaba el señor Costa, el panadero del barrio. Traía las manos y los brazos empolvados con harina blanca. El muerto le guiñó, abriendo la boca en sonrisa muelona mientras que le daba a Hugo una empanada. El sacerdote se fijó en la expresión sarcástica que marcaba el rostro del difunto.

Cuando la imagen del panadero se esfumó en la pared y desapareció de vista, Hugo pensó que veía a su madre caminando hacia él, cautelosamente saltando por entre los cuerpos de los refugiados. Su cara estaba demacrada y falta de color, tal como había sido durante su vida entera. Sin decir nada, extendió el brazo flaco hacia Hugo, acariciándole delicadamente la mejilla y la frente. Él pudo sentir la callosidad en esos dedos.

—Di algo, mamá. Sólo porque estás muerta no quiere decir que no puedes hablarme. Dime por qué permitiste que mi padre te llevara a la tumba. En seguida la visión se desvaneció en el aire.

El Padre Hugo se frotó los ojos sabiendo que lo engañaban, haciéndole creer que soñaba cuando estaba despierto. Pero las apariciones no se esfumaban. Su hermana Fiona, con el pelo rojo, brillante, tal como era cuando jugaban al sol, se le acercó a Hugo. Bromeó con él, murmurando apodos llenos del afecto especial que sentía por él sólo porque era el más jovencito.

—¡Hola, Huguito Juguito! ¿Qué te pasa Pancho Ancho?

—¿Por qué lo llamaba siempre Pancho Ancho? Él ni se llamaba Francisco. Hugo se dijo que le preguntaría a Fiona por qué lo llamaba así, pero entonces se acordó de que su hermana había muerto de un parto de gemelos hacía ya varios años. Sintió de repente un remordimiento profundo de no haberle preguntado nada a Fiona, ni de haberle dicho que la amaba casi tanto como amaba a su madre.

Cuando Hugo miró de nuevo, sintió que la figura que lo observaba desde lo alto no era su hermana después de todo.

Era la Madre Filomena, su maestra de séptimo grado. El tocado de su hábito era blanquísimo, y relucía en la oscuridad del refugio como si fuera aureola de santo. Hugo se acordó que también ella había muerto, y se preguntó por qué estarían todos muertos.

Como si la monja leyera los pensamientos de Hugo, sacudió la cabeza enérgicamente, como lo había hecho a menudo cuando él era un niño en su clase.

—Señor Joyce. Deje de mirarme como si yo fuera un alma en pena. Ahora, ocúpese de sus lecciones, y deje de soñar despierto.

La dulce redondez de su acento irlandés sonaba en la memoria de Hugo cuando de repente se disipó, mezclándose con la voz barítona del Padre Ciprián.

"Hugo, todos debemos entender que al final, seremos juzgados por cuánto hemos amado durante nuestra vida. El amor será la única medida, no cuán exitosos hayamos sido, ni cuán poderosos nos hayamos vuelto. Aprende esto bien ahora que eres un novicio."

El Padre Hugo alzó la mirada, convencido de que veía al director del noviciado meneándole su largo índice. Notó que el sacerdote anciano no llevaba pantalones, estaba vestido sólo en calzoncillos. Aun en la muerte, al Padre Ciprián se le había olvidado ponerse los pantalones, como le había ocurrido cuando se le fue la memoria en sus últimos años.

Hugo deseaba poder olvidar las palabras del Padre Ciprián con la misma facilidad que el sacerdote había olvidado los pantalones, pero la imagen no se iba.

"Hugo, veo que todavía piensas que ser sacerdote es una cuestión de seguir órdenes, en público, donde los otros puedan verte. Pues sabes, te equivocas. Es lo que está aquí dentro lo que cuenta."

El Padre Ciprián se apuntó al corazón con el largo dedo.

Hugo se frotó los ojos y sacudió la cabeza, queriendo deshacerse de la imagen. Se arrepintió de haberle dicho a Luz que se durmiera.

—¡Señora, despierte, por favor! ¡Dígame más acerca de usted!

Luz no respondía, así que Hugo se vio obligado a volver a sus memorias. El Padre Ciprián todavía estaba parado enfrente de él, acusándolo con el dedo rígido, provocando una nueva ola de culpabilidad en Hugo. Combatió con el sentimiento, recordándose que siempre había sido un buen sacerdote; que siempre había tratado de ser bueno.

Hugo vislumbró un brazo que enlazaba los hombros del Padre Ciprián, y aunque la tiniebla hacía difícil que lo viera claramente, sabía quién era; era el Padre Virgilio Canetti. Hugo también notó que Virgilio no podía mantener el brazo sobre los hombros del Padre Ciprián porque había sido un hombre pequeño.

A Hugo no le sorprendió lo que le estaba aconteciendo porque, al igual que Guty, Ciprián y Virgilio se habían acostumbrado a interrumpir su sueño todas las noches. Las visitas se habían iniciado inmediatamente después de la muerte del Padre Virgilio, hacía ya unos meses. Los dos sacerdotes siempre se le aparecían en los sueños a Hugo un poco antes del amanecer, cuando la noche se hacía más negra. Era entonces que repetían las mismas preguntas criticonas, apuntándole con dedos acusadores que hacían que Hugo quedara bañado en sudor.

Las órbitas negras de los ojos del Padre Virgilio persistían mirando a Hugo, obligándolo a encorvarse, enroscándose hasta meter la cabeza entre las piernas. Permaneció en esa postura por varios minutos.

"¡Epa, amigo! ¿Por qué tienes la cabeza metida en el culo?"

Al oír la voz de Guty, Hugo miró hacia arriba. El Padre Ciprián y el Padre Virgilio habían desaparecido, y en su lugar estaba su amigo de la niñez. Observaba a Hugo con burla, su sonrisa fanfarrona y confianzuda como lo había sido cuando estaba vivo. La aparición tenía un puro a medio fumar en la mano derecha, mientras la otra mano estaba colocada en la pierna izquierda, la artificial.

Una repentina descarga de fuego de helicóptero asustó a todos en el refugio. El Padre Hugo trató de discernir las caras entre aquellos del refugio, pero no pudo. Todos eran siluetas sin cara. Volteó a mirar a Luz y vio que estaba despierta pero con el pensamiento perdido; el estrépito no la había perturbado. Cuando volvió a sus memorias, Hugo se dio cuenta de que la sombra de Guty se había evaporado en el aire sofocado del refugio.

III

Augustín Gerald Sinclaire había sido el soñador de los dos chicos; siempre inventaba fantasías. A veces, era pirata, nacido en otra época, en algún punto de una isla exótica. A veces su imaginación lo transformaba en un científico de renombre internacional, o en un explorador o en un descubridor. Se veía viajando a lugares desconocidos.

Durante la clase, cuando la Hermana Filomena hablaba de los grandes evangelistas y mártires en la historia de la Iglesia, Guty soñaba despierto, viéndose como un misionario, listo a entregar su vida a salvajes caníbales. Sin embargo, este sueño tenía otro lado, puesto que los salvajes decidían no devorar a su víctima después de todo. Al contrario, le rogaban al humilde misionario que se convirtiera en su arzobispo, y muchas veces, su cardenal. Entonces la fantasía cambiaba y se encontraba en otras tierras, no como misionario, sino transformado en monarca, y hasta en emperador.

Si Guty era el soñador, Hugo era el planeador. Aún cuando los chicos estaban en la escuela primaria, Hugo se salía con planes para contrarrestar los sueños de Guty. La Hermana Filomena regañaba a Hugo por soñar despierto en clase cuando en realidad lo que hacía era planear. Él sabía bien lo que la vida esperaba de él.

—¿No quieres crecer para llegar a ser bien rico, Huguito? Yo sí.

—Pues no. Yo voy a ser sacerdote.

—¡Vete de aquí! Sólo porque la Hermana dijo que esos tipos eran influyentes.

Hugo estaba convencido de lo que quería en la vida aun entonces. También sabía lo que no quería. No quería la vida empobrecida de su familia, una existencia gris y harapienta. No quería ser como su hermano que se contentaba de trabajar en fábricas y en estaciones de gasolina. No quería ser como su padre que trabajaba como diablo, y que llegaba a casa exhausto, a comer una cena mórbida y deprimente, matando poco a poco a su esposa con su silencio y su desdén.

"Te odiaba, Padre. ¿Sabías eso? Te odiaba por ser pobre, y porque no te importaba trabajar hasta que te caíste muerto como mula de carga. No te soportaba por lo que le hacías a mi mamá. La tratabas como basura, y aunque sabías que se moría, no hiciste nada. ¡Nada!"

El sacerdote vio la cara de su padre mirándolo en lo oscuro. Su rostro llevaba la misma expresión torpe que siempre tenía cuando miraba a su hijo.

"Sí, sí, Padre. Pensaste que no sabía nada. ¿Verdad? Pues bien, te equivocaste. Eras tú el idiota, no yo."

Hugo sería sacerdote; no uno cualquiera, sino un miembro importante del sacerdocio eclesiástico. La Hermana Filomena le había dicho no una, sino muchas veces, que un religioso podía convertirse en obispo o hasta en cardenal de la Iglesia. Ya para ese entonces, Hugo calculó que si un joven escogía esa forma de vida, ¿Por qué debía él desperdiciar el tiempo en aspiraciones menores? ¿Por qué no aspirar a ser cardenal?

El día en que se graduaron de la escuela secundaria, Hugo le habló a Guty de su intención de entrar al noviciado al terminarse el verano, y las noticias cogieron a Guty desprevenido. Aunque sabía de los proyectos de su amigo desde siempre, de todas maneras, se quedó azorado de que Hugo tomara ese paso cuando él todavía estaba soñando despierto.

Antes de darse cuenta de lo que decía, Guty confesó— Huguito, me voy contigo.

—Estás loco,— dijo Hugo rápidamente. —¿Y qué de tus planes de convertirte en millonario? ¿Y qué te hace pensar que puedes inscribirte así y nada más?— Hugo sonó los dedos mientras meneaba la mano derecha en el aire.

—Mira, Guty, primero tienes que hacer una petición. Luego tomar un montón de exámenes, y después, si llegas hasta ahí, te tienen que entrevistar, y luego tal vez, a lo mejor, quizás, puede que te acepten. Sólo acuérdate, Guty, tú no tienes vocación.

—¡Eso es mierda y tú lo sabes! ¡Vocación, vocación! ¿Qué tiene que ver eso con nada? Ven acá, Huguito, ¡Admítelo! Tú te estas metiendo a cura por las mismas razones que todos, así que no intentes venirme a hablar de la mierda de la *vocación*.

Hugo sintió una sensación peculiar. Quería pegarle a Guty por sugerir que era un hipócrita, un oportunista. Le ofendía que su amigo más allegado pudiera pretender que él aspiraba al sacerdocio por otras razones que la de su devoción. Su irritación fue causada, sin embargo, por algo más profundo que el insulto. Sentía una emoción insondable, como si Guty, sin quererlo, hubiera tocado un agujero secreto en su corazón, y lo oprimiera con la yema del dedo.

Dándole la espalda al amigo, Hugo se dijo que sí tenía vocación para el sacerdocio, que Dios lo había llamado. Se repetía esto una y otra vez, tratando de convencerse. Presumió que la emoción instada por las palabras de Guty no era menos que una tentación en contra de su llamada, y no se permitiría hacerle caso. Hugo se dirigió a Guty.

—Guty, si quieres venir, ¿Qué sé yo? ¿Quién soy yo para decir nada? Mejor te ocupas de los preparativos si en verdad quieres formar parte del grupo que ingresará este otoño. Anímate, y verás. Pero si yo estuviera en tu lugar, no apostaría todo mi dinero a que me aceptaran.

—Tú me haces sentir como si estuviera comprando un boleto para el último tren que va al cielo, Huguito, viejito. En lo que me toca, no es para mí otra cosa que una vocación. Ya lo verás. ¡Epa! ¿Por qué esa cara de caballo? ¡A poco creías que podías deshacerte de mí así nada más!

La irritación de Hugo con su amigo aumentaba con cada palabra.Sabía que aceptarían a Guty en el noviciado porque tenía la suerte necesaria. Se sentía defraudado porque quería seguir el camino de su vida sin que nadie lo siguiera, y sin que nadie dependiera de él. Ahora su resolución de figurar solo entre los mejores disminuía.

Hugo tenía razón.Aceptaron a Guty en el noviciado ese otoño de 1957. Habían operado algunas excepciones: acortaron algunos pasos en el proceso, porque según lo indicaba el reporte final, Agustín Sinclaire había mostrado una piedad extraordinaria, entre otros talentos sobresalientes.

En septiembre, las familias Joyce y Sinclaire llegaron al noviciado. La propiedad, que era un huerto de viñas, era un mosaico de dorados, rojos y amarillos, y el aire, el cual solía ser de un calor asfixiante en esa época del año, era fresco y transparente. Mostrando la confianza que sentía, Guty entró por la puerta principal del noviciado, pavoneándose como si fuera un héroe.

Le sonrío a todo dar a su amigo de la niñez, y entonces le susurró. —Supongo que será más divertido la manuela aquí dentro que allá afuera, ¿no, Huguito?

Hugo fingió no entender la referencia a la masturbación, y deseaba que un rayo le hubiera partido en dos a Guty por haber hablado así en ese lugar sagrado. Le disgustaba lo vulgar y lo grosero de Guty, y deseaba de todo corazón que no lo hubieran aceptado. Más que nada, Hugo ansiaba dejar a un lado su vida empobrecida y hacer un nuevo comienzo con amigos e ideas diferentes. Esto ahora sería imposible teniendo a Guty reclamando su presencia.

Guty, sin embargo, no estaba destinado al sacerdocio. Los rigores de la vida de novicio pronto comenzaron a azotarle la piel como látigos. Lo que al principio había sido divertido ahora se le había convertido en tortura. Las largas horas de silencio, interrumpidas solamente por el estudio en las clases de latín, griego, filosofía y teología, le carcomían los nervios. Era inteligente, pero su temperamento lo apartaba de todo lo abstracto. Odiaba los libros de lectura que le asignaban, y detestaba aún más a los profesores.

—¿A quién carajo le interesa lo que la hiper... la hiper... la unión hipersténica es? Dime Hugo, ¿a quién carajo le importa?

—¿Quieres tú decir la Unión Hipostática?

Ya ves, no puedo ni pronunciar esa palabra idiota.

La disciplina del noviciado le corroía la vida a Guty; a veces, hasta lo hacía llorar. Se sentía humillado cuando esto ocurría, y trataba de guardarlo en secreto, pero inevitablemente, durante los breves momentos que se les permitía hablar a los novicios, las conversaciones de Guty se llenaban de quejas y de lamentos.

La rutina cotidiana lo cansaba y se sentía inquieto en la capilla durante los largos períodos reservados a la oración. Estaba aburrido y de mal genio. Cada vez que miraba a sus compañeros, se ponía irritado o frustrado porque parecían perdidos en un trance que hallaba inexplicable.

Guty detestaba al director de los novicios. Lo llamaba Pedo Viejo sin que él lo supiera, o Macario, o Diente de Perro, a causa de la quijada extendida del sacerdote. Más que nada, Guty detestaba la sotana que los novicios tenían que llevar en todo momento. Se quejaba de que estuviera prohibido quitársela durante el día aun cuando trabajaban en el jardín, o cuando hacían cualquier otro tipo de trabajo. Guty no observaba este reglamento, ni los otros; especialmente el que exigía que los novicios observaran silencio.

Le deprimía especialmente el Gran Silencio, el período que comenzaba después de la cena, y que continuaba la noche entera hasta después del desayuno. Era entonces que los novicios le parecían robots, idiotas sin cerebro que obedecían sin hablar o sin contestar, y los detestaba a todos por su docilidad.

Hugo, al contrario de Guty, se daba entrañablemente a la vida requerida de un novicio. Cuando la campana sonaba temprano en la mañana, saltaba de la cama, ofreciendo esta molestia como sacrificio por el perdón de los pecados, y por las Benditas Almas del Purgatorio. Recitaba sus oraciones con tanto fervor como le era posible, y le daba toda su energía a tarea y a los estudios. Hasta se decía que le gustaba hablar latín en la mesa durante las comidas, un ejercicio detestado por el resto de los novicios, Hugo, quien sobresalía en latín, lo presumía descaradamente. Él no lo sabía, pero sus compañeros competían entre ellos por sentarse a la misma mesa donde él estaba, puesto que tomaba la palabra, liberándolos de tener que luchar con las complicadas conjugaciones latinas.

Hugo tuvo éxito en su formación de novicio, hasta en lo que le tocaba a la castidad. Cada vez que oía a los otros novicios hablando de las repetidas tentaciones y de sus impulsos sexuales, Hugo se sentía aliviado porque se encontraba libre de tales dilemas. Aun cuando el director le preguntaba sobre sus sentimientos e impulsos, Hugo declaraba que no sentía ninguna dificultad.

Por la noche, sin embargo, cuando su mente y voluntad caían en un sueño profundo, Hugo perdía control. Era entonces cuando no podía luchar con las vivas imágenes de hombres y mujeres entregados al acto sexual. Aunque lo negara en sus momentos lúcidos, con frecuencia Hugo se despertaba por la noche creyendo oír gemidos y suspiros, y el traquear de una cama.

Cuado esto ocurría, no le tomaba mucho a Hugo el darse cuenta que había sido él el que había gemido, él el que estaba excitado y mojado. Al romper el día, sin embargo, cuando volvía a dominar su mente y sus sensaciones, Hugo suprimía esta odiosa y apenante experiencia, negándosela a sí mismo, cerciorándose de nunca pensar en lo que le pasaba casi todas las noches.

Hugo también tenía otros secretos. Nunca le dijo a nadie sobre la voz suave y seductora de la ambición que había escuchado desde sus primeros días de novicio, y a través de sus años de sacerdote. Llamándola devoción, Hugo se entregaba a su necesidad de prestigio, de adulación, rehusando estar satisfecho con ocupar menos del primer lugar en todos los eventos, en todo momento.

Era su secreto también que desdeñaba toda flaqueza en sus hermanos sacerdotes, que menospreciaba a cualquiera de ellos que erraba o que cometía un pecado. El otro lado de su desdén por la debilidad era que Hugo creía que el poder y el control eran más importantes que la misericordia y la humildad. En su manera de pensar, sólo esos sacerdotes con puestos de autoridad y de influencia eran los buenos.

Mientras Hugo se amoldaba a caber en su propia imagen del sacerdocio, se acercaba la Navidad de 1957, y Guty se vio obligado a admitirle a su amigo que no estaba hecho para esa vida. Le dijo poco a Hugo cuando dejó el noviciado una mañana temprano; sólo unas pocas palabras para mantenerse en contacto. Hugo quedó atónito; lo único que sintió fue alivio. Se convenció que Dios había manifestado su voluntad, por lo menos al salvarlo de la grosería y la vulgaridad de Guty.

Para Guty, sin embargo, fue mucho más, y se sentía raro abandonando a su amigo por primera vez desde que eran niños. Quería comunicarle a Hugo que no dudaba que un día sería un sacerdote importante, probablemente un obispo, tal vez hasta un cardenal. Quería decirle a su amigo lo que nunca le había dicho antes, y que Hugo supiera que lo admiraba, que le echaría de menos y que podría contar con él para cualquier cosa. La indiferencia de su amigo, sin embargo, le quitó las ganas de decirle estas cosas.

Cuando Guty se fue del noviciado aquella mañana lluviosa de diciembre, no tenía meta, no sabía adónde ir, y divagó sin rumbo. Por mucho tiempo siguió su camino en trenes de carga que cruzaban pequeños pueblos polvorientos, que prometían poco y le inspiraban menos. Montó a bordo de camiones que lo llevaban por interminables trechos de carretera que se desenredaban como cintas negras sobre un caluroso terreno desierto. Pasó días y noches con pordioseros y vagabundos con quienes encontró gusto en el ánfora de whisky compartida, y en conversar con palabras groseras.

Guty no estaba triste en ese mundo; hasta le gustaba. Podía ser él mismo, podía usar el lenguaje vulgar con el que se expresaba mejor, y reírse a carcajadas, sin que ninguna cara se voltearan hacia él; sin que hubiera aquel levantar de cejas enjuiciadoras.

Unos pocos meses de viajar sin rumbo fueron, no obstante, suficientes para Guty. Se estableció en Las Vegas, donde pudo conseguir trabajo dirigiendo una mesa de barajas por la noche, y sustituyendo a un portero de hotel durante el día. Puesto que era ligero de mano y más rápido de palabras, Guty pronto encontró éxito en esa ciudad. Pronto llegó a vestirse elegantemente; llevaba trajes de rayita y zapatos de orejera, y siempre traía un rollo de billetes abultándole el bolsillo. Después compró un Cadillac Coupe del 58 a plazos.

En general, Guty se sentía bien con la gente con quien podía asociarse; sobretodo, con las mujeres. Normalmente dirigía la mesa de cartas hasta que su turno terminaba, entonces celebraba la noche en un motel con alguna mujer cuyo nombre con frecuencia ignoraba.

Pasaron los años y Guty se convirtió en un conversador astuto que sobresalía entre la mayor parte de sus amigos, y aprendió cómo codearse con las personas más inteligentes e importantes de la ciudad. Hizo contactos sólidos con hombres que poseían mucho dinero, y muchas ideas sobre cómo conseguir más. Durante todo esto, no olvidó a Hugo, mencionando su nombre a sus amigazos y queridas, sobretodo cuando estaba tomado.

—¿Ya les he contado a ustedes de mi viejo amigo Hugo Joyce? ¿Sí? Pues, no olviden, es sacerdote o casi sacerdote. Les apuesto a que ninguno de ustedes sinvergüenzas ha tenido un amigo como yo.

La fanfarronería de Guty era recibida de costumbre con una mirada de tenemos-que-oír-esto-otra-vez de los que lo escuchaban, pero él permanecía inmutable. Estaba orgulloso de Hugo de una manera que hubiera avergonzado al joven sacerdote. Durante esos años, Guty se mantuvo en contacto con su amigo, escribiéndole cartas que poco decían de su propia vida, y que estaban, al contrario, llenas de indagaciones sobre la vida de Hugo.

Hugo respondía de buena gana, poniendo a Guty al día sobre las etapas de su formación como novicio. Hablaba de sus días en el noviciado, los que llegaron a su fin cuando pronunció los votos de castidad, pobreza y obediencia. Algunos años más tarde, Hugo explicó en sus cartas que lo habían escogido para estudiar filosofía en un lugar en Europa.

—¿Ves aquí lo que quiero decir, mi Chula? Aquí está la carta que dice que Huguito está estudiando esa materia que pone a cualquiera a roncar, un hueso duro de roer, créeme. Nadie puede dar con el sentido de esa porquería. Y él lo hace a tiempo completo, sin parar. ¿Qué te puedo decir? ¡Un verdadero cerebro! Y crecimos juntos en la misma calle de mierda. ¿Y quédices de eso? ¿Se puede creer? Pues, no te quedes mirándome como boba. ¡Di algo! ¡Uf! Se nota que eres demasiado idiota para saber de lo que hablo.

Las cartas entre los dos hombres continuaron, aunque con el tiempo Guty empezó a tener sentimientos ambiguos sobre las contestaciones de Hugo. A veces se sentía envidioso de su amigo, ansiando poseer la claridad de dirección y la confianza de Hugo. En esos momentos, Guty se consolaba, recordando que Hugo no era libre como él, y que siempre se vería forzado a obedecer a algo o a alguien. Sobre todo, se decía que no le gustaría estar en el lugar de su amigo, especialmente en cuestión de mujeres, sabiendo que él no podría ni empezar a imaginarse un mundo sin ellas.

Llegó el momento en que Guty ya no pudo resistir los honores que Hugo se hacía a sí mismo. —Acabo de terminar un ensayo que va a aparecer en la próxima revista.— Estos

comentarios de Hugo dominaban más y más sus cartas, y a
Guty le molestaba que su amigo cantara sus propias alaban-
zas. Sin embargo, aun en esos momentos, encontraba razones
para cancelar su disgusto.

—Pues, ¡qué carajo! ¿Qué otra cosa tiene el bobo en resumi-
das cuentas?

Las cartas entre Hugo y Guty continuaron por años. En
1967, Guty recibió una carta diciendo que se acercaba la orde-
nación de Hugo, y que sería seguida por su primera misa unos
días después. Guty, sin embargo, ya había recibido la carta
que lo llamaba a las filas del ejército.

Tres meses después, cuando las manos de Hugo fueron
ungidas por el obispo, la pierna de Guty le fue desgarrada por
una bomba minada del Vietcong. Nueve días después, Hugo
celebró su primera misa. Mientras decía en voz baja las palabras
sagradas de la Consagración, Guty, en agonía y con rabia,
blasfemaba contra Dios, maldecía a la Madre de Cristo y a
todos los santos celestiales. Cuando Hugo, radiante y rodeado
de sus amigos y parientes orgullosos aceptaba felicitaciones y
miradas admiradoras, Guty, perdido en una pesadilla provocada por la morfina, alucinaba y gritaba el nombre de Hugo.

En el momento en que el Padre Hugo dio su primera con-
ferencia universitaria, ignoraba que Guty era un hombre
diferente; no solamente le faltaba una parte del cuerpo, sino
que la amargura le había eliminado la admiración por su viejo
amigo. Guty era otro hombre para ese entonces. Lloraba lágrimas de ira y de frustración, sabiendo que para el resto de sus
días sería un mutilado. Comprendía con desengaño que
aunque tuviera a penas veintisiete años, no tenía otra alternativa que depender de la bondad de otros.

IV

—Padrecito, ¿está dormido? Necesito hablar un poco más. Pero, tal vez necesite dormir.Lo siento.

El Padre Hugo no dormía. Estaba perdido en las tinieblas de sus memorias y tenía los ojos cerrados contra los sentimientos que lo atormentaban. La noche le parecía eterna. Afuera, en las calles de San Salvador, los estallidos y las explosiones continuaban sin cesar. Luz hablaba rápidamente, saltando de una palabra a la otra, queriendo dar lógica a sus ideas.

—Soy una Delcano. ¿Sabe usted lo que eso significa, Padre Hugo? Significa que debo estar allá en Escalón, sana y salva con la gente rica. Quiere decir que mis hijos deberían estar conmigo, que todos deberíamos estar protegidos y no perdidos en este mundo. Yo no debería estar aquí en este nido de ratas.

Las palabras de Luz inquietaron al Padre Hugo porque no podía descifrar su significado. Ella no parecía ser miembro de los salvadoreños de linaje, menos de una familia como la de los Delcano. Él había tratado con un Coronel Delcano, pero Hugo estaba seguro que no podía ser la misma familia de la cual hablaba la mujer.

Luz pareció adivinar sus pensamientos. —Padre, usted cree que miento, ¿Verdad? Sé que no cree lo que estoy diciendo, pero tengo razón de hablar como hablo. Soy miembro de una familia muy rica.

—¡Mire nada más cómo me está mirando; como si estuviera loca! Le acabo de decir en mi confesión que mi abuelo fue don Lucio Delcano, y que era riquísimo y muy poderoso. Yo soy parte de esa familia. ¿Fue mi culpa que nunca se hubiera casado con mi abuela? ¿Fue mi culpa que me desterraran a la fuerza de la hacienda de los Delcano en cuanto el viejo murió?

La atención del Padre Hugo se concentró en lo que la mujer dijo acerca de la familia, y aún más sobre el hecho de que tenía más de un hijo. —¿Hijos? ¿Dijo hijos, señora? Creí que solamente tenía uno, Bernabé.

—Sí. Dije hijos.

Luz hizo hincapié en la última palabra, y para que el sacerdote comprendiera, la repitió varias veces. —¡Hijos, hijos, hijos! Tuve un hijo antes de Bernabé. Fue el niño que tuve a resultado de lo que le dije que hice con mi abuelo. Se sorprende, ya veo. Pues, es verdad. Mi hijo nació pocos meses después de que mi abuelo muriera. El viejo murió sin saber que yo iba a tener su criatura.

Las palabras de Luz le salían con dificultad, y hablaba con frases entrecortadas. —Pero el resto de mi familia lo sabía. Tenían miedo de lo que mi hijo llegaría a ser si permanecía con aquéllos que éramos pobres. Así que me arrebataron al niño. Nunca lo he visto desde el día en que Damián Delcano vino a nuestra choza a robarse mi hijo. Él era uno de los hijos del abuelo.

—Era sólo una niña, pero no crea que fue fácil para Damián. ¡No señor, no fue fácil! Corrí detrás de él cuando me di cuenta que se llevaba a mi niño. Grité y le jalé las mangas a Damián. Pude hasta arañarle la cara, y una vez le mordí la mano. Le rogué, pero lo hizo de todas formas.

Luz paró de hablar. El pecho se le estremecía con la emoción que estaba sintiendo. Cuando habló de nuevo, le susurró al cura. —Mi hijo debe tener su edad. ¿Cuántos años tiene usted?

—Tengo cuarenta y seis.

—Casi igual. Él va a cumplir cuarenta y siete este año.

El interés del Padre Hugo crecía a medida que la mujer hablaba. —¿Está segura que está vivo su hijo? ¿Qué sabe acerca de él?

—Sé el nombre que la familia le puso cuando lo bautizaron, nada más. Alguien me dijo que al niño le habían puesto el nombre de Don Lucio, su padre. También sé que ahora mi hijo es un hombre poderoso.

—¿Poderoso? ¿Qué quiere decir?

—Es militar, Padre Hugo.

El Padre Hugo cerró los ojos por un momento, y la imagen de un hombre alto, delgado y uniformado como coronel salvadoreño se le apareció. Tenía la cara blanca, el pelo rubio y los ojos azules. Sentado frente a su escritorio, se ponía las manos bajo la barbilla, con las yemas de los dedos apoyadas juntas, como un ángel en oración.

"Bueno, bueno, ¡qué casualidad! ¿Qué piensas, Huguito? ¡Qué pequeño es el mundo! Ese es el coronel hijo de puta con quién trataste todas esas veces que venías aquí a regatear nuestra mercancía. Se llamaba Lucio Delcano. Todo el mundo lo llamaba el Ángel. ¿Te acuerdas?"

El Padre Hugo calló la voz burlona.

—Señora, ¿Sabe cómo es su hijo ahora?

—¡Seguro que no! ¿Como podría saberlo? Ese tipo de persona está en una posición muy alta, usted sabe, en las nubes. La gente como yo no se codea con ese tipo.— Apuntó el dedo hacia el techo. —Pero le puedo decir cómo era cuando nació. Era todo un Delcano. Blanco, muy blanco, y tenía los ojos azules. ¿Me puede creer? A que no, porque me está mirando a mí, y todo lo que ve es mi cara prieta. No tiene que creerme si no quiere, pero es la verdad.

Los helicópteros daban vueltas sobre la ciudad, buscando a los guerrilleros que intensificaban sus ataques contra las fuerzas del gobierno. Una explosión de proyectil hizo temblar el refugio, causando miedo a todos aquéllos escondidos adentro. Luz, indiferente a lo que pasaba afuera, miró al sacerdote; aún en la oscuridad, se podía ver su intenso mirar. Hugo se quedó callado, resollando con dificultad, y aunque no quería saber más sobre la mujer, tampoco quería oír la voz sarcástica de Guty.

—¿Quiere descansar, Padre?

—No, ahora no. Hábleme más de usted. ¿Qué de su padre y su madre? ¿Dónde estaban ellos cuando todo esto estaba sucediendo?

La mujer suspiró. Después de un rato dijo, —Yo estaba sola cuando todas estas cosas estaban pasando. Vea usted, he estado sola desde que era pequeñita, y he olvidado la mayoría de las cosas. Sólo recuerdo que papá trabajaba cuando llegaba la cosecha de café, y que viajaba a diferentes cafetales, donde permanecía por meses. También recuerdo que iba y venía, y que un día no volvió. Creo que fue poco después que mi mama se enfermó. No sé lo que tenía, sólo sé que murió. Eso me dejó sola con un hermano el cual se ocupó de mí y de él.

—Señora. ¿Y no la ayudó su hermano cuando supo lo que su abuelo había hecho?

—No. Se avergonzó de mí. Después que Damián me quitó el niño, mi hermano me echó de la choza donde vivíamos, y como no tenía ningún otro lugar adónde ir, vine aquí, a San Salvador. Nunca volví, así que nunca más he visto a mi hermano. Pero estaba contenta de haber venido aquí, porque nadie me conocía ni sabía lo que había hecho con el viejo.

—¿Por qué usa usted el nombre de los Delcano? ¿Piensa que otros la consideren como parte de esa familia? Lo que quiero decir es...

Luz empezó a divertirse, bromeando con el sacerdote, y casi obligándolo a terminar su pensamiento. —¿Bueno, Padrecito?— El rostro se le relajó a Luz y sonrió; cuando él no contestó, ella siguió. —Si usted considera, Padre, sé que usted estará de acuerdo que no importa lo que la gente diga, yo soy

Delcano dos veces. Primero, soy la nieta del viejo Don Lucio, y segundo, soy su esposa.— Hizo una pausa y entonces añadió, —Padre, ¿Qué piensa usted que sea yo para mi hijo Lucio? Sé que soy su madre. Pero, ¿Seré también su bisabuela, o tal vez su hermana? ¿Y qué de mí? ¿Qué cree usted que sea para mí misma? Tal vez sea yo mi propia abuela.

El sacerdote no estaba seguro de lo que creía estar oyendo. Luz reclinaba la cabeza contra la pared con la cara velada en sombras, pero presentía que la mujer reía entre dientes. De repente, Hugo se sintió deprimido y enfermo porque pensó que ella le estaba mintiendo, y que se estaba burlando de él.

Luz se puso seria de nuevo. —Cuando vine a San Salvador tenía apenas catorce años pero sabía cómo limpiar una casa y cómo lavar ropa, así que encontré trabajo y dónde vivir en una de las mansiones de allá.— Luz apuntó en la dirección del rico distrito de Escalón con la barbilla.

—Me gustaba estar ahí desde un principio, y aunque no era más que una chica sin hogar, la dueña de la casa fue buena conmigo. Es verdad, Padre, hay bien y mal en dondequiera. Doña Blanca, así se llamaba, era una mujer rica, una de las Grijalva. Era bella, y podía haber sido arrogante y orgullosa. Pero no lo era.

—Me acuerdo bien de ella. Era mayor que yo, pero no mucho, supongo que debería haber tenido unos veinticinco años cuando comencé a trabajar para ella. Tenía dos hijas menores, y uno de mis deberes era jugar con ellas cuando no estaban en la escuela.

—El esposo de Doña Blanca era abogado y un hombre importante que trabajaba para el gobierno. Tampoco era viejo él. Cuando supo que yo no sabía leer ni escribir, le dijo a su esposa que él me enseñaría, aunque sabía que enseñar a leer a alguien como yo no era aceptado por la mayoría de las personas de su categoría.

—¿Cuanto tiempo estuvo con la familia Grijalva?

—Muchos años. Le dije que cuando comencé a trabajar con ellos tenía catorce años, y cuando terminé tenía treinta y uno. Durante esos años aprendí a leer y a escribir y a hablar tal como usted me oye. Cuando crecí, Doña Blanca tuvo más confianza en mí, y me hizo mayordoma de todos los sirvientes, tanto de las mujeres como de los hombres. Estaba yo muy contenta.

—Pero hay algo en mí, Padre.— La voz de Luz se convirtió en un susurro ronco. —Hay un diablo en mí que me hace hacer cosas malas. Igual a un gato que aguarda al pajarito en silencio, sin el menor movimiento, así es como la sombra me espera. No sé cuándo me va a saltar encima, pero así es como ocurre.

El sacerdote concentró la mirada en los ojos de la mujer. En la oscuridad se veían negros como piedra volcánica.

—En los primeros años, el esposo de Doña Blanca y yo nos reuníamos una hora cada día para mis lecciones. Aprendí rápidamente, y a él le agradaba. Pero después de varios años, cuando ya no nos reuníamos para lecciones, comenzamos a hacer otras cosas. ¿Me comprende, Padre?

Preguntándose por qué Luz no había mencionado esta parte de su vida durante su confesión, el sacerdote exclamó. —Sí, comprendo. No necesita continuar. Tal vez quiera descansar.

—Pero ¡tengo que decirle más ahora que he comenzado! Ya no era una muchacha. Ya se había ido mi juventud, y me consideraban como una vieja quedada. ¿Se acuerda usted de lo que esto significa, Padre? En su lengua, significa una mujer que ha perdido la oportunidad de casarse. Quiere decir... como se dice... una vieja solterona.

—Admito que ansiaba aquellas visitas a mi cuarto, cuando nos tirábamos sobre mi cama, y lo hacíamos ahí... cosas... usted sabe lo que quiero decir... muchas veces repetidas. Aunque estimaba a Doña Blanca, ese gato del cual le hablaba, esa sombra que me hacía hacer cosas, era más fuerte que yo.

—Llegó el día en que Doña Blanca comenzó a sospechar. Un día fue a mi cuarto, abrió la puerta y encontró a su esposo y a mí en la cama. Permaneció tranquila. Ni gritó ni lloró como era de suponer; solamente cerró la puerta y se marchó. Pero supe que tenía que abandonar su casa, y lo hice. Me llevé sólo mi ropa y a Bernabé, que para ese entonces ya lo traía en el vientre.

El Padre Hugo guardó silencio.

—Padrecito, está enfadado conmigo, lo puedo ver. Perdóneme por hablar de estas cosas. ¿Preferiría oír lo que me pasó después que perdí a Bernabé enfrente de la catedral?

Hugo se dio cuenta de que las palabras de Luz sonaban huecas, y que en efecto lo que esperaba eran consejos que un sacerdote debería dar a una mujer en esas condiciones. Pero estaba exhausto e inseguro. No podía formular las admoniciones que normalmente tenía en la punta de la lengua. No le importaba que ella hubiera fornicado, ni de que no se avergonzara.

Imposibilitado de decir lo que sentía, le preguntó. —¿Cómo se ganó la vida después de irse de la casa de los Grijalva?

—¡No como usted piensa, Padre Hugo!

Luz volteó la cabeza y le miró en los ojos al cura. Tenía la voz seca cuando dijo, —Salí de esta ciudad y me fui hacia el norte. Llegué a un pueblecito en la frontera, un lugarcito llamado Carasucia. Ah, veo por su sonrisa que sabe lo que quiere decir.

—¿*Dirty Face?* ¿Así se llama el pueblo?— Hugo se quedó pasmado por el extraño sentido del humor de la mujer.

—Sí, Carasucia. Ahí decidí comenzar una nueva vida limpiando casas y lavando ropa. Después de algún tiempo, puse un pequeño puesto, y ahí me gané la vida vendiendo frutas y comida.— Luz le mostró su estilo de comerciar al sacerdote. Abrió la boca formando un rectángulo negro que le encuadró la lengua vibrante. —¡Pupusaaaaas! ¡Melonesss... Sandíaaaas... Pepinooooos!

Algunas voces resonaron en la oscuridad, diciéndole que se callara, que había niños tratando de dormir, que bastaba el ruido de las bombas. Pero Luz continuó, indiferente a los esfuerzos de callarla.

—Durante años pude ganarme la vida y la de mi niño trabajando en las bocacalles, y en las casas de Carasucia. Trabajaba todos los días para que Bernabé pudiera educarse bien. También le enseñé lo que sabía de la escritura y cómo hacer sus letras; hice esto antes de que fuera a la escuela. Bernabé era... es... muy inteligente.

—Cuando tenía como catorce años, decidí que sería mejor para él si volviéramos a la capital. Usted comprende, las escuelas son mejores aquí, y mi hijo podría hacer algo de su vida. Así que nos vinimos. Una mujer como yo, Padrecito, se gana la vida de una forma o de otra.

—De todas maneras, ahí está Escalón, y las mujeres ricas que viven en esas casas lindas necesitan a alguien que limpie y que lave su ropa sucia. Así que empaqué nuestras pocas pertenencias y volvimos a esta ciudad. Eso fue cuando Bernabé y yo nos mudamos al Barrio de Santa Marta.

—Pero pronto Bernabé comenzó a preguntarme de su padre, y sobre sus orígenes. Quería saber dónde había nacido. Le dije muy poco, Padre Hugo, y lo que le dije era, en su mayor parte, puras mentiras. Lo admito. No quería que supiera la verdad de lo que hice con su padre. No sé por qué mantuve este secreto. ¿Piensa usted que hice mal?

Luz se volvió hacia el Padre Hugo. Él se abrazaba las rodillas, meciéndose de atrás para adelante.

—Padre, ¿Le duele el estómago?

—¡No!

Ella se quedó callada por largo rato mientras el sacerdote luchaba con un resentimiento que aumentaba con cada momento. El cotorreo de Luz le estaba desgarrando los nervios.

Cuando Hugo habló, fue con la voz cargada de irritación.

—¿Le dijo a Bernabé de su otro hijo?

—¡No!—Luz soltó la palabra nerviosamente. —¿Por qué tendría que decirle? ¿Para qué?

—¡Hubiera sido mejor que tantas mentiras, de seguro! A lo mejor, algo bueno hubiera resultado de ello, señora. ¿No le pasó por la mente que un día los dos hermanos podrían encontrarse? También, usted le ha dado a Bernabé el apellido de los Delcano. Tal vez eso haya sido un error. Tal vez la familia se entere y se resienta que usted haya usurpado el nombre. Lo que quiero decir es que este lugar es pequeño; parece que todo el mundo se conoce.

Luz sintió un arrebato de ira.

—¡Tal vez, tal vez! ¿Qué sabe usted de estas cosas? ¡Usted no sabe nada! ¡Nada! ¡Yo le di a mi hijo el único apellido que merecía. El apellido que recibió de la sangre que le corre en las venas!

Frustrada con las preguntas del sacerdote, Luz dijo entre dientes, —¿Éste qué sabe? ¡Pendejo!

Hugo oyó el murmuro de Luz y distinguió sus palabras. Se indignó que lo insultara, pero se dio cuenta que ambos estaban ya casi al borde de una riña. Decidió no seguir el hilo y sólo murmuró, —Sí sé, señora. Créame, yo sé.

V

La cara del Coronel Delcano, tal como el Padre Hugo la tenía en la memoria desde la última vez que había negociado con él, se le apareció en la oscuridad del refugio. El sacerdote la vio con toda claridad; parecía labrada en mármol. De repente la imagen se torció, enrollándosele en la garganta, haciéndolo atragantarse.

"*¿Qué te pasa, Amiguito? ¿Te entró el mal de San Vito?*"

La voz de Guty sonaba en lo recóndito de la mente del sacerdote, haciendo a un lado la cara del Coronel. Hugo miró por todos lados, esperando que alguien interrumpiera esa voz, pero sólo vio siluetas de gente dormida. No había nadie que lo salvara de la memoria de Guty, ni siquiera Luz que estaba enfadada, y no quería hablar.

"*Mira, Huguito, mi Rey. ¿Que dices si rezamos juntos? ¿Te acuerdas de las oraciones de la Madre Filomena? ¡Cómo le encantaban las letanías! Ya sabes, aquéllas que ponían a todos los muchachos a roncar. ¡Vamos! Sólo tienes que comenzar y yo te sigo.*"

Hugo cerró los ojos. Como si estuviera en un trance, comenzó a balbucear, y luego a recitar las oraciones.

—Dios, ten piedad de nosotros...

"¡Vamos, Huguito! Córtale a la paja, y vamos al grano, a la médula de la cosa."

El Padre Hugo le hizo caso y siguió con la letanía.

—Sede de Sabiduría...

"Quieres decir Sede de Astucia, ¿no es así, mi Cuatacho?"

Hugo no le hizo caso al sarcasmo, persistiendo en rezar.

—Torre de Marfil...

—*¡Ajá! Otra vez con la misma. ¿Por qué no Torre de Oro?*

Hugo comenzó a sudar. Odiaba el cinismo de Guty.

—*¡Bueno, vamos, muévete! La Madre y yo te esperamos, amigo. Sigue con las oraciones. No me digas que ya has olvidado cómo rezar. Tú eras siempre bueno para recitar cosas, ¿te acuerdas?*

—Reina de los Apóstoles...

—*Te equivocaste otra vez. Quieres decir Rey ¿verdad, Huguito? Rey de los hipócritas o emperador de los mentirosos. Deberías saberlo porque eso eres tú. ¿No es así?*

—¡Jódete, Guty! ¡Vete al infierno!

La voz se calló y Hugo se sintió aliviado. De repente, sin embargo, pensó que sintió la presencia de Guty; se movía, acercándose cada momento. Creyó oír un pujido cuando Guty se desplomó a su lado, recostándose contra la pared pegajosa. El sacerdote pensó ver al fantasma rígidamente extender la pierna artificial hacia adelante, y entonces sobarla con la mano.

"¿Qué le pasa a la vieja? ¿A quién está fisgoneando? ¿Qué nunca ha visto a un paticojo?"

Hugo miró al lado y vio que Luz lo estaba viendo a él, no a Guty.

—¿Qué pasa, señora? ¿No puede dormir?

—Padre, creí que usted rezaba y quería seguirlo. Pero dijo cosas extrañas que no he oído antes.

—Me debo estar quedando dormido. Perdón señora.

El Padre Hugo volvió la cabeza adonde estaba la sombra de Guty, esperando que hubiera desaparecido. Ahí estaba todavía.

"¡Qué bien te defiendes en español! ¿No es verdad? No que te esté criticando, Huguito. Admito que nos vino de perlas cuando estábamos aquí negociando con estos cabrones. ¿Te acuerdas? Claro que sí. No lo niegues que puedo verlo, porque estás sudando otra vez."

El Padre Hugo siguió callado. Tenía los ojos cerrados y los brazos cruzados sobre el pecho.

"Sabes, Hugo, verdaderamente me irritas. Mírate. Pareces el espejo de la inocencia con los ojos cerrados y cabizbajo, como si te arrepintieras de verdad."

—¡Sí estoy arrepentido! ¡Lo lamento todo! Eso es lo que quieres oir ¿no?

"¡Lo lamentas! ¿Tú? ¡Ja! Eso es de reír. Como si no te conociera, Papito. ¿Por quién te lamentas? ¿Por ti, verdad? ¡De seguro! Lo sé porque a ti nunca te importó un carajo otra cosa que tu persona. Déjame decirte lo que es lamentarse: es estar tumbado en una camilla, esperando a que te echen en un helicóptero porque te han despedazado la pierna. Lamentarse es estar postrado de barriga en una cama pestilente de hospital, llorando hasta más no poder, como un niño, mientras una enfermera te limpia el culo porque estás incapacitado para hacerlo tú mismo. Lamentarse es saber que no vas a ser más que un vagabundo por el resto de tu vida porque, Papito, todo lo que tienes es una pata de palo en qué pararte, y trescientos cincuenta dólares mugrosos en el bolsillo. Déjame decirte, Chico, lamentarse es ver seres humanos despedazados ante tus meros ojos. Lamentarse es..."

—Cállate, Guty. Acaba de callarte, por favor. ¡Ahora, quién es el hipócrita! Me revuelves el estómago, y podría vomitarme en ti. Tú hablas de aquéllos seres desgarrados. Ahora dime, ¿cómo es que te hiciste millonario, eh? Vamos, habla. Estoy hasta el tope con estas bromitas que juegas conmigo cada noche. Si yo soy un mentiroso y un hipócrita, ¡también lo eres tú! Tú fuiste el que me enredó en...

"¿En que, Amigazo? ¿En darte exactamente lo que querías de esa puñetera universidad? ¿En hacerte uno de los favoritos?

¡Mira, lo que tú y yo hicimos aquí fue negocio, puro negocio, y si algunos murieron en la línea de fuego... pues, lo siento!" Hugo pensó de cómo había comenzado, y lo simple que había sido. Simple y mortal. Los nuevos lazos de asociación entre él y Guty habían comenzado con una carta dirigida al presidente de la universidad, escrita en papel timbrado de las Empresas de Augustín Sinclaire. Junto a la carta se había incluido un cheque por un millón de dólares. El mensaje era breve: el dinero era una donación irrevocable para ayudar a estudiantes necesitados. La carta estaba firmada por la pequeña, apretada firma de Augustín Sinclaire, con una posdata casual que mandaba sus mejores saludos a su amigo, el Padre Hugo Joyce.

Esa misma noche, antes de comer, el Padre Presidente se le acercó a Hugo para decirle de la donación del señor Sinclaire y de sus saludos personales. Cuando el Presidente le preguntó por qué había guardado secreta esta amistad, Hugo contestó que no había tenido noticias de Sinclaire por varios años.

En verdad, Hugo estaba azorado por la donación, porque no se imaginaba que Guty se hubiera convertido en el millonario de sus sueños de juventud. Estaba también sorprendido porque no había tenido noticias de él en años. La última vez que se habían encontrado fue después del regreso de Guty de la guerra en Vietnam, cuando un día lo visitó inesperadamente en la universidad.

El sacerdote se acordaba que en aquel momento le había avergonzado que el hombre andrajoso se le hubiera dirigido enfrente de sus colegas universitarios. Se acordó de cómo le habían repugnado la barba y el pelo largo de Guty, y no había sabido cómo portarse cuando lo vio cojeando grotescamente con un bastón. En vez de simpatía, Hugo había sentido asco cuando de buenas ganas Guty había tratado de abrazarlo. Aún ahora, después de todos esos años, Hugo podía percibir el olor rancio a tabaco y alcohol que se le había pegado a Guty. Esa pestilencia, se acordó, le había revuelto el estómago.

Después de esa primera visita, Guty trató varias veces de ponerse en contacto con Hugo por teléfono, pero el sacerdote rehusaba aceptar las llamadas. Sentía vergüenza del hombre que había sido su amigo de niñez, y sintió alivio cuando Guty se dio por vencido después de intentar hablar con Hugo varias veces. Sólo tomó tiempo para escribirle una nota prometiéndole que nunca olvidaría que lo había rechazado.

Cuando el presidente de la universidad le dijo del éxito de Guty, el Padre Hugo optó por bloquear ese incidente porque las cosas claramente habían cambiado. Su amigo era rico, y puesto que le había pedido al Presidente que le pasara saludos a su viejo amigo, Hugo concluyó que Guty había olvidado su último encuentro. Además, a Hugo le gustaba ser el foco de atención del presidente y de sus compañeros sacerdotes. Hubo brindis para él esa noche, y lo felicitaron por haber atraído esa contribución a la universidad.

El Padre Hugo estaba encantado. Había estado en la facultad por trece años, y aunque era reconocido como erudito y profesor por su facultad y los demás profesores colegas, se había sentido apartado del centro que gobernaba a la universidad. Inesperadamente, ahora lo singularizaban y reconocían, y se convenció de esto cuando el presidente lo invitó a cenar a su mesa esa noche. Quería conocer, le dijo a Hugo, su viejo amigo. El señor Sinclaire era el tipo de respaldo que la universidad necesitaba, el presidente afirmó, y nada mejor que pedirle a Hugo que lo invitara a la universidad tan pronto como fuera posible. El Padre Hugo hizo lo que el presidente le pidió.

"*¿Te lo tragaste todo, no Huguito? Hiciste lo que me había imaginado. No hay nada como el dinero para hacer de un patitieso como yo, atractivo. ¡Dios, mío! ¡Dios mío! ¡Esa carta sí que me la contestaste rápidamente! No como antes, cuando no contestabas mis cartas después que supiste que había quedado cojo, cuando más te necesitaba. Me deberías haber visitado cuando estaba deprimido y pobre; cuando era un pordiosero, regateando tuberías en esa ferretería corriente. Eras una estre-*

lla demasiado brillante para mí, ¿no es verdad? Pero a pesar de todos esos años, ¡Ja! Esa lana, ese dinero irresistible, te sedujo."

El sacerdote tenía la cabeza hundida en las manos. La voz de Guty le rechinaba en los oídos. Hugo pensó en los años en que había sido profesor, y cómo, después de las contribuciones de Guty, lo habían asignado a la mesa directiva de la universidad y, en corto tiempo lo habían nombrado asistente ejecutivo del presidente. Hugo sabía que los puestos se los debía únicamente a las donaciones de Guty, pero había aceptado los nombramientos contento y sin preguntar nada a nadie.

A medida que la plata de Sinclaire entraba, Hugo ganaba prestigio. Entonces lo eligieron jefe del comité de finanzas de la mesa directiva. Este último nombramiento causó resentimiento entre algunos administradores y profesores porque el campo de experiencia del Padre Hugo no era la administración de finanzas. Sin embargo, el presidente no le hizo caso a estas protestas y Hugo siguió en su cargo.

Bajo la dirección de Hugo Joyce, el comité de finanzas propuso que la universidad invirtiera grandes cantidades de sus ingresos en las Empresas Augustín Sinclaire, y la mesa aprobó el plan unánimemente. Por cada millón de dólares que Guty donaba a la universidad, su firma recibía dinero de la institución para ser invertido en su negocio. Estas transacciones duraron más de diez años, aunque sólo un estudio superficial se había hecho de las Empresas Augustín Sinclaire, mostrando cómo se generaban sus entradas y su capital.

"Tuberías. Eso era mi negocio. Ferretería y tuberías."

—Contrabando, quieres decir. Venta de armas.

"Pero tú lo sabías bien, y lo aceptaste con entusiasmo, Huguito, amigo."

En contraste con la mesa directiva y el presidente de la universidad, el Padre Hugo sabía cómo Guty había ganado sus millones porque él se lo había revelado todo hasta el último detalle. Se dio cuenta de que el negocio de Sinclaire había comenzado legítimamente, y que su amigo había empezado con nada, o prácticamente casi nada, cuando el ejército lo dió de alta. Sabía que Guty había llegado a California cuando los negocios de bienes raíces y construcción se encontraban al borde de un desarrollo y de un auge hasta ese momento sin par.

Los condados de Orange, Riverside y San Bernardino habían iniciado proyectos de construcción de enormes tramos de casas privadas, apartamentos, condominios, y centros comerciales. Y Guty había estado a la mano con su nueva empresa de ferretería. El Padre Hugo pensaba en esto a menudo, y de cómo Guty había salido de la nada, no sólo tolerando sino también superando su incapacidad física.

El negocio de tuberías y otros productos accesorios habían hecho de Guty un hombre exitoso y rico. El sacerdote sabía que su riqueza, sin embargo, estaba sostenida por algo más. Esto era el negocio lucrativo de la compra de armas de contrabando de fuentes desconocidas, y la venta de estas armas a los mejores postores.

Solamente pocos hombres —entre ellos el Padre Hugo Joyce— sabían que Guty se había mantenido en contacto con sus compañeros de guerra. Muy poca gente sabía que a través de esos camaradas, Guty había establecido lazos con anónimas y poderosas fuentes, que querían venderle armas a cualquier grupo, aunque esto fuera ilegal.

"Las tuberías son bagatelas, Huguito, puro alpiste. Pero una buena tapadera ¿No? ¿Se imaginó alguien alguna vez de dónde salía el verdadero dinero? ¡Claro que sí! Sólo que no querían admitírselo."

Al principio, Guty tenía clientes en el Medio Oriente, pero pronto se dio cuenta de que en comparación con lo que se estaba desenvolviendo en América Latina, las posibilidades del Medio Oriente eran limitadas. Cambió su foco geográfico, concentrando su atención en Centro América, y estableció negocios con una red ancha y variada de clientes en diferentes países de esa región.

La identidad de los compradores se guardaba en secreto, pero Guty, por medio de su contacto directo con ellos, sabía que eran ministros, políticos y coroneles. También sabía que si él no les vendía, alguien más lo haría primero. Concluyó que no tenía otra solución sino ser el primero.

El negocio era delicado y peligroso, y postulaba serios problemas, el más grande de ellos era la necesidad de aparecer anónimos porque el transporte y la entrega de cargamentos llevaba consigo graves peligros. Sin embargo, la astucia de Guty, ayudada por su don de hacer nuevos contactos y amigos, hizo posible que él evitara los muchos obstáculos del negocio.

Desarrolló un plan sencillo. Los vendedores de armas le vendían la mercancía secretamente a Guty a un precio más bajo del oficial, entonces él la ofrecía a grupos militares extranjeros a precios inflados. A los vendedores les gustaba descargar su mercancía a precios bajos porque Guty tenía un mercado sólido y continuo, y los clientes extranjeros lo trataban igual porque él les ofrecía un precio más bajo que el oficial. Poco le importaba a nadie que él saliera del negocio doblando su inversión inicial.

Sin embargo, Guty quería más del doble de lo que invertía, así que fijó su concentración en cifras más altas. Sin embargo, para llegar a su meta, sabía que necesitaba más capital. Fue en este momento que Guty Sinclaire y su dinero volvieron a aparecer en la vida de Hugo Joyce.

VI

"*El dinero trae dinero, ¿Verdad, Huguito? Pones aquí un poquito, quitas de acá un poquito, así se juega el juego. Si usas la buena carnada, la carpa morderá.*"

La presencia de Guty dominaba el refugio, y su voz le golpeaba tenazmente la cabeza del Padre Hugo. Quería extirpársela de los oídos apretándose las manos contra el cráneo, pero la mofa de Guty persistía, burlándose del sacerdote.

Hugo Joyce había sido el pez, y la carnada había sido el dinero que le daba la influencia que ansiaba. Cuando Guty había hablado sin reservas, revelando francamente todo, el Padre Hugo había consentido en colaborar sin hacer preguntas. Aunque sabía las implicaciones que el trabajo de Guty suponía, Hugo no pudo resistir el prestigio en el cual lo había colocado.

En 1979, un año después de las guerrillas salvadoreñas haber hecho su primera ofensiva, el lado secreto de Empresas Augustín Sinclaire, apoyadas mayormente por inversiones universitarias, estaba preparado para tratar negocios en escala mayor. La compañía había comenzado con las guerrillas, pero estos clientes fueron atraídos por competidores que venían de atrás de la Cortina de Hierro. Guty entonces cambió su mercado, dirigiéndose al consejo militar del gobierno para trocar su arsenal de armas.

Guty invitó al Padre Hugo a que lo acompañara en varios viajes a San Salvador donde habían entablado contacto con un hombre
con más influencia de la que aun Guty esperaba. El Coronel Lucio
Delcano, conectado con la Inteligencia del Ejército, al principio
escuchó sus planes y sus ofertas atentamente. La atracción principal de venta era que los gringos, como se conocían Hugo y Guty,
ofrecían una manera de rebajar drásticamente los precios estableci-
dos por otros corredores de armas. Los precios más baratos ofreci-
dos por ellos fue lo que convenció finalmente al Coronel Delcano. Él,
y los entes que representaba, decidieron tratar negocio con Empresas Sinclaire.

Los ochenta le trajeron a Sinclaire la riqueza que codiciaba, y
la universidad, satisfecha con los ingresos de sus inversiones, continuó sus tratos con su empresa. A medida que cada cheque firma-
do por Sinclaire entraba a los cofres de la universidad, el Padre
Hugo Joyce crecía en categoría y en importancia, y se asoleaba en
la adulación y la admiración, protegido bajo su identidad de sacerdote y erudito.

*"Te venía como anillo al dedo que pudieras ausentarte y viajar
al sur cuando te daba la gana, ¿Verdad, Huguito? 'Trabajo de
misionero' lo llamabas. ¡Ja! ¡Qué cagada!"*

Hugo se frotó los párpados tratando de aliviar esa sensación de
ardor que sentía. Se tentó la piel, y sintió la barba alargada y tiesa;
tenía la lengua cubierta de saliva amarga. No se acordaba de cuándo había comido por última vez.

—¿Usted cree en fantasmas, señora?

Las palabras del sacerdote azoraron a Luz, pero ésta respondió
a su pregunta sin titubear.

—Sí. Usted no sabe que los llamamos espantos ¿verdad?
Todavía veo el espanto de mi madre, y otros también. Pero más que
nada, veo el espanto de mi abuelo. Él está conmigo casi siempre,
especialmente de noche.

—¿Le tiene miedo?

—Sí... miento, no... lo que quiero decir es que creo que los
espantos son en verdad nuestras memorias, de las que no queremos

o no podemos zafarnos. Cuando esas imágenes nos atemorizan, pensamos que son los espantos los que lo hacen.

—¿Entonces usted piensa que los espantos pueden obsesionar?

—¿Obsesionarnos? ¿De qué manera, Padre? No comprendo.

—Lo digo en el sentido de que si se lo permitimos, los espantos vuelven a cortarnos con sus cuchillos agudos. No nos permiten olvidar nada. Están por dondequiera, escondidos en esquinas, agachados en pequeños nichos donde menos los esperamos. Les gusta atormentarnos con su púas filosas, queriendo que nos arrepintamos por lo que hemos hecho. Y aun cuando nos arrepentimos, aun cuando queremos hacer las cosas de otra manera, ahí están, acosándonos y castigándonos.

—Ah, pues sí, sé lo que quiere decir. Y usted tiene razón. Me refiero a lo que dice que nos esperan cuando menos listos estamos para darles cara. A veces, nuestros espantos parecen sombras y a veces brillan; pero de seguro, les gusta volver, sobretodo cuando estamos solos.

Sobresaltado por su franqueza con Luz, el Padre Hugo se quedó sin aliento. Pudo haberla despertado, y deseaba que volviera a su letargo. Esperó un minuto o dos antes de volver a mirarle la cara. Luz estaba perdida en sus pensamientos, y parecía lejana. El Padre Hugo cerró los ojos, sintiendo que algo los revolcaba en arena ardiente.

Mientras la noche pasaba sobre San Salvador llegando a su fin, Hugo Joyce volvió a escuchar la voz del rector. El Padre Virgilio susurraba; sus palabras sonaban forzadas pero claras. Entonces otra voz interfirió con esa voz, y a esta voz se unió otra, y a ésta otra más, hasta que las voces formaron un estruendo intolerable en la mente del Padre Hugo.

—Cállense.

El Padre Hugo miró hacia el vacío, aliviado de saber que nadie lo había oído en su arranque. Se oprimió la cabeza con las manos otra vez, queriendo dormirse. Trató de recitar un salmo, pero no pudo recordar ni uno aunque se sabía muchos de memoria. En vez, recitaba fragmentos que chocaban entre sí, los versos eran un enredo de frases y palabras inconexas.

—Tengo conciencia de mis culpas, Oh, Dios... Tengo mi pecado siempre en mente... no habiendo pecado contra ninguno excepto contra ti... Los terrores de la muerte me atacan, el miedo desciende sobre mí... El horror me abruma... Oh, por las alas de una paloma me llevarán lejos para encontrar reposo... Ten piedad de mí, Dios, mientras me acosan, me empujan con sus ataques... Mis enemigos me persiguen, hordas vienen a atacarme...

"¡Hugo, escúchame! No soy tu enemigo, nunca lo fui. Tú lo echaste a perder por tu parte. ¿Cómo pudiste hacer lo que has hecho? ¿No fue suficiente hacerte parte de toda esta muerte y de este sufrimiento?"

El Padre Hugo tuvo que admitir que había arruinado todo aunque tuvo la oportunidad de hacerlo bien. Se acordaba ahora que había estado lloviendo la noche en que el Padre Virgilio tocó a su puerta. Cuando entró llevaba unos papeles en sus manos temblorosas, y sin decir una palabra, se los pasó al Padre Hugo, quien leyó el contenido.

—Querido Padre Virgilio, lamentablemente, siento ser la persona que le informe de la responsabilidad del Padre Hugo Joyce en...

La carta detallaba nombres, fechas y cantidades de dinero usado en cada trámite ilegal. Nombraba el lugar de encuentros y los asuntos discutidos por Guty y Hugo, así como los otros responsables de tratos que habían durado años. Había páginas repletas de acusaciones contra el sacerdote, indicando de qué manera estaba involucrado en el comercio de armas. La carta ilustraba sus viajes a San Salvador a trocar y cerrar tratos, todo con el dinero obtenido con engaño de la universidad.

El Padre Virgilio halló de pronto que las acusaciones eran ridículas, imposibles de creer. Antes de confrontar al Padre Hugo, se había persuadido que esto era una broma, una muestra evidente de envidia, o el trabajo perpetrado por un estudiante resentido. Ahora Hugo, sin embargo, tardaba mucho tiempo leyendo el contenido de la carta, mucho más de lo que el Padre Virgilio se había figurado. Finalmente, cuando Hugo alzó la cara, el rector vio miedo en sus ojos y notó que le temblaban las manos.

Hugo lo negó todo, alegando que era ridículo, que era una trampa, o peor, la intención de alguien que quería arruinarlo ante la universidad. Hugo hablaba rápida y nerviosamente, equivocándose, balbuceando cosas que no tenían nada que ver con la acusación. Se refirió a la generosidad del señor Sinclaire, recordándole al Padre Virgilio el insulto al cual Guty estaría expuesto si las acusaciones que se encontraban en la carta llegaran a sus oídos. Además de eso, Hugo era un sacerdote, le insistió a su superior, un hombre que había vivido con una conciencia tan clara como fuera posible, siempre respetuoso de sus votos, y este negocio feo sería una contradicción total de todo lo que él representaba.

El Padre Virgilio salió perturbado, desconfiando de las respuestas de Hugo. Sus palabras habían sonado huecas, y no habían podido explicar el miedo que se le escapaba por los ojos. Las manos le habían temblado sin parar, y el rostro nunca recobró su color natural. Y aunque el rector había creído al principio que cualquier envolvimiento de Hugo en este asunto estaba fuera de la realidad, ahora comenzaba a sentir graves dudas.

Después de varios días de pensarlo, el Padre Virgilio decidió hablar directamente con Augustín Sinclaire, mas para añadir a la confusión del sacerdote, Sinclaire parecía esperarlo. En su manera fanfarrona de siempre, Sinclaire descaradamente tomó responsabilidad por la empresa ilegal en la cual Hugo Joyce estaba involucrado. Reveló aún más detalles, y su manera era arrogante y sarcástica, mostrando indiferencia al chupar un puro.

El Padre Virgilio se azoró, especialmente cuando notó que la admisión de Sinclaire no era provocada, como él hubiera supuesto, por culpabilidad o por vergüenza. Al contrario, se jactaba y parecía disfrutar del momento. También indicó de una manera burlona que la universidad también estaba involucrada. Cada uno, desde el presidente hasta el profesor más inexperto, era ahora culpable de especular con el tráfico de la muerte.

Sinclaire le recordó al Padre Virgilio que la universidad no sólo había aceptado y usado sus donaciones, sino que también había invertido de nuevo el dinero en los mismos negocios de los cuales ellos hablaban en este momento. La universidad había hecho esto, no una o dos veces, sino asiduamente durante diez años.

—Así que, Padre Rector, si usted tiene los huevos para echarnos todos de cabeza, ¡Buena suerte! Tiene mi bendición.

—Usted escribió la carta, ¿Verdad?— preguntó el Padre Virgilio.

—Pues, Padre Rector, veo que usted no es tan idiota como Huguito se lo imagina.

El Padre Virgilio sintió el pinchazo del sarcasmo de Sinclaire. También se sintió insultado por la implicación de que Hugo obviamente había expresado esa opinión sobre él.

—¿Por qué, en el nombre de Dios, ha hecho usted esto? Pensaba que Hugo Joyce era su amigo.

—¿Mi amigo? ¡Con quién bromea usted! Preferiría entablar amistad con un tiburón. Acuérdese, Padre, que conozco a Huguito desde que éramos niños mocosos. ¡Créame, yo sé que es un tiburón! Ahora, si usted me pregunta por qué escribí esa carta, la respuesta es sencilla. En primer lugar, Hugo se está poniendo muy airoso en su escalera hacia el cielo. Necesita que lo hagan bajar un peldaño o dos. Y usted es el hombre indicado.

—En segundo lugar, ya estoy harto de toda esta maldita cosa. Oh, no, no me mal entienda, no estoy harto de la lana. No se me dañó el cerebro al nacer. ¡No señor! Lo que quiero decir es que me muero por presenciar rayos y centellas entre Hugo y los jerarcas que le dirigen la vida. Oh, sé bien que usted no tendrá los malditos huevos de desenmascarar la empresa. Ustedes son demasiado inteligentes para hacer eso. Pero lo que ustedes harán — y le apuesto mi dinero a sus rosarios — es poner a ese Hugo hijo de puta en su lugar. Bien merece...

La voz de Guty se extinguió cuando vio que el Padre Virgilio se puso de pie, y que salió de la oficina sin decir nada. Se quedó desilusionado porque quería decirle al superior de Hugo cuánto odiaba al hombre que todo el mundo creía su mejor amigo. Sinclaire ansiaba decirle al mundo entero cuánto había nutrido su odio hacia Hugo a causa de su arrogancia. Y más que nada, quería revelar que detestaba a Hugo porque lo había descartado cuando más lo necesitaba. Estaba dispuesto a dar cualquier cosa por ver a Hugo humillado y despojado.

El Padre Virgilio volvió a la Residencia donde pasó el resto del día rezando. Tenía miedo, y no sabía qué hacer, pero esa noche volvió al cuarto de Hugo.

—Los lazos entre la universidad y Sinclaire tienen que romperse inmediatamente. Es tu responsabilidad que esto se cumpla sin manchar la reputación de la universidad ni la de sus miembros,— ordenó el Padre Virgilio.

Un profundo silencio envolvió a los dos hombres. Cuando el Padre Virgilio habló de nuevo, su voz se había serenado. —Debes renunciar a tu puesto en la universidad ahora mismo. Cualquier enfermedad —la tuya o la de algún familiar— puede ser pretexto suficiente. Cualquier cosa valdrá, pero tu acción debe ser inmediata.

Hugo rehusó hablar pero sus ojos reflejaban furia y miedo. El rector, viendo que el joven sacerdote no tenía nada que decir, dio media vuelta y salió del cuarto. Cuando regresó a su oficina, le escribió una breve carta a Hugo.

—Como tu superior, y en el nombre de la obediencia, te ordeno que termines y ceses de hacer los negocios en los que has estado involucrado los últimos diez años. Tienes que ejecutar esto inmediatamente. Me ocuparé de que te trasladen a otra comunidad tan rápida y tan convenientemente como sea posible.

Ahora, el refugio atestado sólo intensificaba la memoria de Hugo, y se cubrió los ojos con las manos, tratando de esquivar la imagen del Padre Virgilio. Lágrimas le inundaron los ojos. Sintió que la garganta le ardía y que se iba a asfixiar con su propia lengua. Sintió que todos lo acosaban: Guty, Virgilio, su padre, su madre y otros; cada uno de ellos lo apuntaba con dedos largos y huesudos.

De pronto, Hugo tuvo la sensación de que detrás de ellos algunos de los Salvadoreños ojeaban en su dirección, también acusándolo. Se frotó los ojos. ¿Eran los mismos que se acurrucaban en el refugio desde anoche? ¿Por qué le fijaban la mirada? Los oyó susurrar, murmurar entre ellos, meneando las cabezas mugrosas y desgreñadas, diciendo algo en contra de él.

Hugo cerró los ojos con tanta fuerza que una luz cegadora le relampagueó bajo los párpados mientras volvió a sus momentos más difíciles. Recordó que había juzgado la orden del Padre Virgilio imposible de cumplir porque haber renunciado a su puesto en la universidad habría alertado a sus enemigos. Habrían indagado y hecho preguntas hasta que la verdad hubiera sido descubierta. Entonces se habría convertido en objeto de burla y repugnancia. Y más que el miedo a la humillación, Hugo temía el terror de ser enjuiciado, y hasta encarcelado.

Hugo decidió no obedecer la orden del Padre Virgilio, y al contrario, lo confrontó. Los dos hombres riñeron violentamente, con Hugo afirmando que no sería chivo expiatorio. Amenazó declarar que era la universidad la culpabley y no él. Le recordó al Padre Virgilio que si lo denunciaban, eran ellos, los sacerdotes, los que sufrirían todo el impacto de la acusación; un escándalo enorme sería el resultado.

Hugo, enfurecido, se volvió agresivo y hostil con el Padre Virgilio. Le gritó, aunque veía que la cara del superior había empaledecido y le temblaba nerviosamente. Hugo alzó el puño cerrado, haciendo gestos violentos cerca de la cara de Virgilio, y no lo bajó hasta que el viejo se desplomó en su silla. Cuando Hugo salió de la oficina del rector, se estremecía de ira, y el color normal de su cara se le había ido. Al siguiente día, la comunidad de sacerdotes se despertó con la noticia de que su rector había muerto de un ataque cardíaco.

Ahora en el refugio, Hugo sentía que se le desinflaban los pulmones. Apenas podía respirar. El cuerpo caído del Padre Virgilio se le apareció a sus pies en la oscuridad, y los ojos de Hugo se le salían de las órbitas con horror, como cuando vio el cadáver del rector.

Afuera, una cuadrilla de helicópteros daba bajones hasta el refugio. Una multitud de proyectiles y de bombas desgarraban la ciudad de El Salvador con dientes de acero y fuego. En la oscuridad, la peste del terror se mezclaba con el calor asfixiante mientras el Padre Hugo Joyce luchaba con los espantos que lo atormentaban.

Cuarta Parte

"Jehová le preguntó a Caín, "¿Dónde está tu hermano?...
¿Qué has hecho?... Ahora desdichado seas..."

Génesis, Capítulo 4

I

Mientras Luz y el sacerdote esperaban que pasara la noche, Bernabé se agachaba contra una zanja mirando el cielo oscuro. Estalló una lluvia de explosiones, y trató de hundirse más en la tierra. —¡Madre!— se oyó decir.

Bernabé esperó varios momentos antes de consultar su reloj, dándose cuenta de que ya casi era de día. Esperaba que pronto le dieran la señal para dirigir el asalto contra el estado mayor. El edificio estaba envuelto en silencio, y todo parecía como si los guardias durmieran, ignorantes, al parecer, de que habían sido escogidos como uno de los objetivos de los guerrilleros. Bernabé y el resto de sus compañeros sabían, sin embargo, que el silencio y las ventanas oscuras eran una estratagema, porque no era creíble que los guardias no estuvieran preparados. Bernabé esperaba una confrontación sangrienta, pero por el momento, todo estaba tranquilo.

Sus pensamientos lo transportaron a los primeros días con la banda cuando lo ascendieron a sargento por haber guiado a los refugiados a través del Río Sumpul. Se acordaba que esos días habían sido duros para él, particularmente cuando se dio cuenta de que nunca llegaría a ser sacerdote. Fue entonces que se había persuadido de que en vez de ser de paz, el evangelio predicado por Jesús era uno de tortura y de muerte. Más tarde, sin embargo, Bernabé admitió que se había convencido falsamente de que como guerrillero podría hacer más por sus hermanos y sus hermanas que como sacerdote.

Movió el cuerpo porque los músculos comenzaban a dolerle de tanto estar agachado. Volvió a sus pensamientos, recordando que su compromiso de matar había sido frágil desde un principio, y que se debilitaba más cada vez que le metía una bala a un soldado, o que participaba en la tortura de un espía. Lo acosaba el pensamiento de que sus víctimas eran sus hermanos, salvadoreños como él, y que cada vez que mataba, se hacía menos humano.

Mientras Bernabé esperaba la señal de atacar, sus pensamientos lo llevaron a la imagen de su madre, esa cavilación que estaba siempre con él. Nunca se preguntaba si la reconocería después de tantos años. Tampoco consideró que ella tendría dificultad en reconocerlo. El rostro, antes contento, se le había puesto triste a Bernabé. Había sido ovalado y suave, pero ahora era plano y rígido. Tenía la frente surcada con arrugas que parecían grietas de pedregal, y los pómulos se le habían enflaquecido y saltado. Su boca redonda ahora era una raya severa rodeada por arrugas que reflejaban su tristeza abrumante. Los ojos que había heredado de su madre se le habían demacrado, traicionando su cinismo y desaliento.

La causa de la amargura de Bernabé era comprender que el destino había hecho de su vida una broma, atrapándolo en un mundo de terror, violencia y desilusión. Estaba obsesionado con el hecho de que la vida le había robado su sueño de vivir el evangelio de Cristo, atendiendo a las necesidades de aquéllos que lo rodeaban. Sus compañeros y él se habían convertido en asesinos, cambiando poco a poco cada día, llegando a ser tan monstruosos como el enemigo.

Cuando llegó a las montañas por primera vez, Bernabé era un joven lleno de optimismo. Ahora era melancólico, retraído y avejentado prematuramente por los crímenes y los horrores que había visto tanto como cometido. Se había dejado convertir en una contradicción. Había aceptado lo que tomaba por su destino, y consecuentemente había llegado a ser un asesino.

Cada incidente de terror había aumentado la depresión y el aislamiento de Bernabé. Al principio, se llenaba de angustia, sobre todo por las noches, pero con el tiempo, los sentimientos se le habían entorpecido con la presencia incesante de la sangre. Recordó el incidente del Río Sumpul que lo había hecho héroe. Hubo otras circunstancias, otros lugares, sin embargo, donde la misma suerte no lo había acompañado. Recordó la matanza en el pueblo de Mozote —la fecha ya se le había olvidado— donde los soldados habían degollado a los hombres, ametrallado a las mujeres, y quemado a los niños en la iglesia del pueblo.

Ásperas imágenes de atrocidades se le amontonaban en la memoria y sólo con dificultad podía ordenarlas. Lo que pasó en un pueblito se mezclaba con lo que había pasado en otros. Las imágenes de hombres famélicos se le habían grabado imborrablemente. Lo perseguía la figura de una madre que llevaba en los brazos el cuerpo tiroteado de su niño, y cómo le goteaba la sangre de los codos, mientras se quejaba y lloraba. Enloquecida, emitía un lamento, una canción de cuna fúnebre para su hijo muerto.

Lempa, Chelatenango, Guazapa, San Vicente, Santa Tecla, hasta los escalones que iban a la Catedral de San Salvador, eran ahora los ecos de explosiones, gritos y lamentos; un episodio era tan doloroso como cualquier otro. De repente, la memoria de Bernabé se apartó de esas experiencias y se concentró en un incidente de hacía varios años. Tenía que ver con su compañero Néstor Solís.

—¡Néstor! ¡No lo hagas, por favor!— Se oyó diciendo mientras contemplaba el horror otra vez.

Néstor, Bernabé y algunos de los compañeros habían tropezado con el campamento de tres soldados. A los guerrilleros les sorprendió que los soldados tomaran la siesta, pero esto les dio la ventaja de ser los primeros en moverse. Cuando los soldados reaccionaron a la presencia del enemigo, ya los compañeros les tenían las armas apuntadas a la cabeza. Los soldados levantaron las manos tratando de implorar a los guerrilleros que no los mataran.

—Compañero, soy salvadoreño igual que tú. Tengo madre, padre y una esposa. Soy padre de...

—¡Cállate, hijo de tu puta madre!

La culata del rifle de Néstor acabó con el tartamudeo del soldado mientras que chorros de sangre y astillas de dientes rotos le saltaron en la cara a Néstor. El soldado se desplomó hacia atrás cayendo de ancas, y cubriéndose la cara sangrienta con las manos. Los otros dos, con los ojos alterados de terror, permanecieron fijos en el suelo. Néstor se acercó aún más al soldado que se retorcía de dolor y miedo, y lo pateó en el estómago con toda su fuerza, haciendo rodar al soldado, doblado con más dolor.

Gritando obscenidades, Néstor le golpeó las caderas al soldado otra vez, queriendo darle en los riñones. Mientras tanto, Bernabé y los otros guerrilleros observaban en silencio. Por años habían ayudado a Néstor en la búsqueda de los soldados que habían brutalizado a sus hermanas, y se habían acostumbrado a verlo desahogar su ira con cualquier soldado que cayera en su poder. Presupusieron que éste era otro de esos incidentes.

Pero cuando Néstor le quitó la mirada al soldado tirado y volteó a ver al que estaba a su lado, los guerrilleros presintieron que esta vez Néstor había encontrado su verdadera meta. Se detuvo azorado, y se agachó más cerca del hombre. La piel prieta, los ojos sesgados, los pómulos altos y la cicatriz de la nariz hasta la oreja derecha, traicionaron su identidad.

—¡Hijo de tu puta madre! ¡Ya te encontré!

Con un golpe de rifle que puso al soldado de rodillas, Néstor le agarró la cabeza, hundiéndole los dedos en la cara. Le torció la cabeza, sacudiéndosela de atrás para adelante como si su cuello hubiera sido de caucho. Con la cabeza aún empuñada en sus manos, Néstor buscó a Bernabé. Entonces dio un grito que retumbó por todo el pequeño valle. La saliva le humedecía los labios a Néstor mientras miraba a sus compañeros.

Quitándole una de las manos de la quijada de su víctima, Néstor tomó un cuchillo de su cinturón; la hoja brilló momentáneamente en la luz del sol que ya disminuía. Saboreando el momento, mantuvo la hoja delante de los ojos del soldado aterrado. El hombre temblaba, y el sudor le escurría por la cara y el cuerpo.

—¡Cabrón!— Néstor silbó la palabra entre dientes apretados.

El soldado intentó decir algo, pero lo interrumpió una patada violenta en la ingle. El hombre se retorció de dolor. Entonces Néstor forzó al hombre a ponerse de rodillas otra vez y le murmuró, —¡Marrano cabrón! ¿No te acuerdas de mí? ¡Piensa bien, puede que te salve la vida!

Néstor devoraba al soldado con los ojos, haciéndole muecas, tratando de engatuzarlo para que hablara. Por fin, el soldado meneó la cabeza para hacerle entender que sí se acordaba. Esa fue la señal para Néstor. Empuñando el cuchillo delante de los ojos del hombre le dijo, —Marrano, ¿sabes lo que le ocurre a un hombre cuando le pinchan la talega que tenemos allá abajo? ¿Tienes una idea de cuánta sangre sale cuando se raja esa bolsa?

A pesar de sus propios actos de terrorismo, Bernabé perdió control porque sabía lo que le esperaba al hombre. —¡Por Dios, Néstor. Destápale los sesos de una vez. Déjate de esa tortura! La voz de Bernabé estaba ahogada y cortada.

—¡Cállate, Bernabé! ¡El resto de ustedes, fuera! Mantengan la distancia, o por su propia madre, les juró que serán sus sesos los que volaré!

Volviéndose hacia el soldado, Néstor le pateó el hombro, tirándolo de espaldas al suelo. El soldado lloraba, rogando por su vida. Con un ademán brusco, Néstor les indicó a los compañeros que se arrimaran. —¡Quítenle los pantalones! ¡Sujétenlo en el suelo, piernas separadas!

El hombre comenzó a gritar horrorizado cuando dos de los compañeros obedecieron las órdenes. Entonces, de una sola cuchillada, Néstor le cortó los testículos y se los metió en la boca al hombre.

Bernabé se sintió obligado a hacer algo. Empuñando su arma, se le acercó al hombre que todavía se retorcía. Le colocó el rifle contra la frente y jaló el gatillo; entonces mató a los dos otros soldados. Después de esto, comenzó a titiritar y los brazos y las piernas le temblaban mientras sentía una marea de repugnancia hacia sí mismo, y hacia sus compañeros.

Múltiples detonaciones irrumpieron en la oscuridad haciendo pedazos la entrada del cuartel y causando que temblara la tierra. El estruendo volvió a Bernabé al presente, recordándole que las explosiones marcaban la señal para que los guerrilleros avanzaran. Apretando su ametralladora, saltó adelante, ordenando a sus hombres que se dispersaran, y que invadieran la fortaleza.

Colándose por una esquina, Bernabé se deslizó por una puerta que había sido deshecha por las explosiones. Entró y espero unos momentos mientras se le acostumbraba la vista a la penumbra. Pero al subir una escalera oscurecida, le sorprendió repentinamente la sensación de acero frío que le presionaba la nuca.

—¡No se mueva!

La orden fue un susurro, y Bernabé se quedó paralizado cuando una mano le arrebató el arma. En silencio, la mano lo empujaba a subir los escalones, hasta una sala oscura donde vislumbró la presencia de otros.

Afuera las descargas cesaron, y los estallidos fueron seguidos por un silencio sepulcral. Al rato, Bernabé oyó una voz. —Estamos en control, mi Coronel. Eran buche y plumas, nada más.

Bernabé detectó risas en la oscuridad, pero no fue hasta que se encendieron las luces que el cañón del arma que había

sentido en la nuca se le apartó. Miró a su alrededor, y pestañe-
ando a causa de las luces de neón, vislumbró un salón enorme
con las paredes tapizadas con mapas. Teléfonos y otro equipo
de comunicación se encontraban en varios escritorios.

Cuando los ojos de Bernabé se acostumbraron a la luz,
miró más allá del soldado que lo había capturado. Vio a un
hombre alto, vestido en uniforme de campaña de coronel, y
cuando atravesó el salón acercándosele, Bernabé notó que era
varios centímetros más alto que él. El cutis del hombre era
blanco, el pelo de color dorado, y los ojos penetrantes eran azul
claro. Los labios del Coronel Delcano eran una recta y arrogante línea al contemplar a Bernabé.

Las lámparas fluorescentes se apagaron, y la atenuada
luz matutina empezó a filtrarse por las rejas de las ventanas
del cuartel.

II

El Coronel Delcano sonrió con arrogancia cuando se encaró con Bernabé, pero sólo era una mueca que disimulaba la ira que le atormentaba el corazón. Gracias a su colección de fotos, tenía la cara de su hermano grabada en la mente, y supo inmediatamente quién era este prisionero. El destino se lo había puesto entre las manos.

Toda una vida de rabia y de celos le surgía en el corazón y su primer impulso fue el de exterminar a su hermano ahí mismo, a pesar de los testigos. Nadie podría detenerlo. Había una guerra de por medio, y se trataba de un jefe de guerrillas. Lucio Delcano, sin embargo, decidió esperar.

—Pónganlo en un calabozo. ¡Manténganlo ahí hasta que dé nuevas órdenes!

El Coronel volvió a su oficina para planear su próxima movida. Solo en su oficina, sentado a su escritorio, el Coronel se mordía el labio superior distraídamente mientras se concentraba. Sentía que se le humedecían las manos con sudor mientras consideraba qué hacer con su hermano. Entonces, la imagen de su madre le pasó por la mente. Lucio había recibido un breve mensaje de uno de sus agentes declarando que la habían visto vagar por las calles de la ciudad durante la ofensiva.

Dirigió la mirada al mapa de la ciudad que colgaba de la pared opuesta a su escritorio, dándose cuenta de que después de todos estos años, tenía a la mano a su madre y a su hermano. El coronel se acomodó en el sillón, formando un triángulo debajo de la barbilla con las manos. Sabía que al fin exterminaría a su hermano, sin embargo, en ese momento no podía deshacerse de un malestar, de un nerviosismo que le eran extraños.

Permaneció frente a su escritorio, la cara rígida y el cuerpo también tieso, su pelo rubio parecía oro en la fluorescencia de las lámparas. Se oía el tictac del reloj, pero el Coronel había perdido la noción del tiempo. Cuando cerró los ojos por algunos segundos, se dio cuenta del zumbido de una mosca en el sofocado aire del salón. Al rato tomó uno de los teléfonos.

—Llame al teniente.

—En seguida, Coronel.

Cuando el subalterno entró en la oficina, Delcano lo invitó a sentarse. —Tengo otro detallito que pedirle antes que termine el día.

—Mi Coronel, usted sabe que siempre estoy a su servicio.

El coronel lo miró detenidamente sin revelar la repugnancia que su miserable sumisión le provocaba. "¿Sabe usted acerca de la captura del jefe guerrillero?" le preguntó.

—Sí, mi Coronel.

—Pues bien. Parece destacarse del resto; más inteligente, mejor preparado. El punto es que le estoy pidiendo que lo mate cuanto antes, ya que hay la posibilidad de que se produzca un esfuerzo por rescatarlo.

El teniente miró fijamente al coronel.

—¿Que le pasa, Teniente? Parece sorprendido. Seguramente, no es la primera vez que le hayan ordenado que mate a un traidor.

—¡Pero... es su hermano...! El soldado dejó escapar las palabras.

El Coronel se asombró de lo que le dijo el teniente. Luchando para mantener el equilibrio, comprendió inmediatamente que las cosas habían cambiado; este hombre tendría que ser eliminado también. Sin revelar la cólera que sentía a causa de este trastorno en sus cálculos, Lucio Delcano pudo responderle en voz dominada y serena.

—Sí, es mi hermano.

El teniente se quedó sin palabras. Sólo podía mirar al coronel con los ojos llenos de temor.

—Teniente, usted cumplirá con su deber donde lo crea necesario. Probablemente El Playón ofrecerá las mejores condiciones para tal misión. Pero, primero, vamos a hablar con él aquí.

El nerviosismo y la confusión eran cada vez más evidentes en el teniente. Se movía agitadamente en la silla, y tenía las manos empuñadas en el regazo.

—Mi Coronel, ¿Aquí? ¿Usted y yo?

La idea de interrogar a un sospechoso en la oficina del Coronel alarmó al teniente. No estaba seguro de las consecuencias que esto le podía acarrear a él.

—Confieso, mi Coronel, que no acabo de comprender lo que usted quiere decir. ¿Acerca de qué asuntos debemos interrogar al prisionero? Si me permite la falta de respeto de sugerir que es poco probable que dé información sobre las guerrillas, aunque sea bajo una interrogación severa. Y si es eso lo que queremos, pues entonces, debo proseguir y constatar que, en ese caso, necesitamos a alguien que haya sido entrenado para el propósito de extraer información de un individuo recalcitrante. Si usted comprende lo que quiero decir.

—Comprendo lo que usted quiere decir, Teniente. Es usted el que no comprende lo mío. La conversación, —pronunció la palabra con sarcasmo, —entre mi hermano y yo no será un interrogatorio. Tenemos cosas que decirnos. Usted será solamente testigo.

El Coronel Delcano se detuvo lo suficiente para que sus palabras se le grabaran al teniente. —Usted será testigo y después, desde luego, el verdugo.

La cara del coronel era una máscara, y el teniente comenzó a tiritar. —Sí, mi Coronel, lo que usted diga. Ordéneme la hora y aquí estaré.

El coronel miró su reloj y confirmó que era un poco más de las once de la mañana. —Esté aquí en dos horas justas,— le ordenó. —Por favor, sea puntual. Verificaré que el prisionero esté aquí para cuando usted llegue.

El teniente se levantó, saludó y salió de la oficina. Entonces el coronel llamó al asistente. —¿Por qué no han sonado los teléfonos? ¿Están funcionando las líneas?

—Si, mi Coronel, pero la ciudad está tranquila. Parece que la lucha ha cesado en la mayoría de los barrios. Nada nuevo ha ocurrido.

—Muy bien. Manténgame al tanto.

El coronel se inclinó sobre el escritorio con la cara escondida entre las manos por largo rato. Después de un tiempo, miró al reloj y vio que iba a ser la una. Llamó a su asistente otra vez.

—Tráigame al prisionero. Cuando llegue el teniente, hágalo entrar. Después de eso, no nos debe interrumpir bajo ningún pretexto. Sólo una comunicación de la oficina del Presidente será recibida.

—Sí, mi Coronel.

Una vez solo, Lucio se arrimó a un archivero y sacó dos expedientes. Abrió el que contendía las fotos de los primeros años de Bernabé con Luz. Por más tiempo de lo que había intentado, Lucio barajó las fotos en la pila, haciéndolas al lado con el dedo índice. Buscaba una en particular.

La foto mostraba al niño vestido de blanco, parado a la entrada de una iglesia, acompañado por su madre y un sacerdote. Delcano alzó la foto y la sostuvo delicadamente, como si temiera que se fuera a deshacer. Notó que le temblaban ligeramente los dedos, y dejó que la foto se resbalara sobre el escritorio. Abrió el otro archivo que contenía detalles de la búsqueda de Bernabé, y a los pocos momentos alguien tocó a la puerta. El coronel sintió que el cuerpo se le atirantó.

—¡Adelante!

La puerta se abrió. El teniente, portando una ametralladora, fue el primero en entrar. Lo seguían dos guardias armados que empujaron al prisionero hacia el centro de la oficina.

Bernabé estaba esposado. Su rostro estaba verdoso y demacrado por falta de sueño, pero permanecía erecto, sin mostrar ningún indicio de temor o de cobardía. Con un aire de autoridad, el Coronel Delcano despidió a los dos guardias quienes salieron, cerrando la puerta sin ruido.

—Quítele las esposas.

La voz del Coronel Delcano estaba fría y calmada, no revelaba lo que estaba sintiendo. El teniente obedeció inmediatamente.

—¡Siéntese!

La orden era para Bernabé, quien se sentó, y cuando miró al coronel, se le llenaron los ojos de desdén. El teniente también se sentó, colocándose detrás del preso, mientras balanceaba la ametralladora sobre las piernas. El Coronel Delcano se sintuó detrás de su escritorio.

—¡Nombre y rango!

—Cura. Capitán.

—¡Quiero su verdadero nombre!

El coronel se impacientaba, los cálculos de toda una vida tenían que ser llevados a cabo en breve tiempo. Bernabé, por su parte, permaneció tranquilo mientras se enfrentaba airadamente con su interrogador. Al rato repitió, —Mi rango es el de capitán y mi nombre es Cura.

Delcano se enfureció con la audacia del prisionero, y sintió que se le llenaba la boca de saliva amarga mientras se forzaba a no ceder al impulso de cachetear a Bernabé. Dominó su rabia, sin embargo, sabiendo que para tomar la ofensiva en el proceso tendría que poner a Bernabé a la defensiva.

—Usted se llama Bernabé, y el apellido que reclaman usted y su madre es Delcano. ¿Tengo razón, Bernabé?

El coronel recalcó el nombre de Bernabé con burla, tomando placer en la sorpresa que su hermano no pudo ocultar. Percibiendo la confusión de Bernabé, el coronel se sintió regenerado. —Pues, Bernabé Delcano— dijo con una sonrisa falsa, —puesto que sé tu nombre, quiero que sepas el mío. Me llamo Lucio Delcano.

Bernabé no pudo disimular su asombro, y el coronel se sintió satisfecho de ver el cuerpo de su hermano entiesarse, como si le hubieran metido una vara de hierro por la espina dorsal. Lucio habló lentamente, saboreando cada palabra mientras observaba los movimientos y la agitación en el rostro de su hermano. Alcanzó una silla y se sentó muy cerca de Bernabé, poniéndole la cara tan cerca que la nariz casi le rozaba las mejillas a su hermano. Bernabé sintió el aliento febril del coronel en la piel.

Respirando con una dificultad que le aumentaba con cada segundo, Lucio Delcano susurró, —Soy tu hermano. Tu madre me concibió cuando fornicó con su abuelo. Dejó de hablar, esperando que sus palabras tomaran efecto. Mientras tanto, Bernabé intentó desviar su mirada de los ojos intensos del coronel.

—¡Mírame! ¡Te digo que me mires! ¡Los dos me hicieron lo que soy! Entonces ella acabó vendiéndome, abandonándome para poder llevar la vida de una puta. Así es como te concibió a ti. Te voy a decir cómo. Lo hizo traicionando a la mujer que la acogió en su casa, y fornicando con su marido. ¡Fue así! ¡Sí! Eso eres tú. Otro bastardo igual que yo.

Bernabé se quedó callado, esta vez fijando la mirada en su hermano, las pupilas dilatadas. El sudor le escurría de la cabeza y de la cara, y el coronel no podía distinguir si las gotas que le chorreaban por las mejillas a Bernabé empapándole los puños agarrotados, eran sudor o lágrimas.

—¡Delcano! ¡Ja! ¡Tú no eres un Delcano! ¡Tú eres un Grijalva! ¡Impostor! ¡Mentiroso!

La voz del coronel temblaba con una ira tan intensa que apenas podía respirar. Sus palabras le salieron roncas, casi incomprensibles. De repente, se le secó la garganta, haciéndolo callar inesperadamente; imposibilitándole gritar las palabras que le quemaban el alma.

En sus fantasías, Lucio se había imaginado que algún día horrorizaría a su hermano con la información que había amasado durante los años. Había planeado aplastarle el alma al revelarle lo depravada que era su madre. Sin embargo, ahora se hallaba incapaz de expresar esas palabras. Sabía que la fuerza se le había agotado, y fue tan grande su pérdida que temía desmoronarse bajo el poder de los ojos audaces de su prisionero.

Bernabé miraba a su hermano en silencio; ya no trataba de desviar la mirada. Y como si estuvieran en un trance, ambos hombres permanecieron callados, inmóviles, con la mirada clavada, una en la otra. El tictac del reloj medía el silencio. Fue el coronel quien bajó los ojos primero. Se volvió al teniente, y con una seña de la cabeza le indicó que sacara al preso.

El teniente se retiró de la silla y le ordenó a Bernabé, —¡Vámonos!

El Coronel Delcano se quedó clavado en la silla mucho después que la puerta se cerró. Los pasos de su hermano se alejaban, y Lucio los escuchó hasta que se le convirtieron en un eco dentro de la memoria.

III

"Puedes dejar de temblar, Huguito. El friega ya se acabó por el momento."

La presencia de Guty ahora era palpable para el sacerdote, y le pareció que la voz había tomado forma. Hugo veía a Guty postrado en el piso contra la pared del refugio, la pierna artificial tirante y la otra encogida contra su cuerpo. Descansaba un codo en esta pierna, mientras apretaba un puro a medio fumar entre sus dedos chatos.

"¡Oye! ¿Crees que estemos en la sección de fumadores de este basurero?"

Se rió de su propio chiste pero el Padre Hugo siguió callado. Tenía la cara demacrada y los labios comprimidos contra los dientes.

"¿Cuánto tiempo hace que hiciste negocio con el coronel por última vez, Huguito?"

—Quieres decir hicimos, ¿No?

—Está bien, Chico. Salte con la tuya. *¿Cuánto tiempo hace que hicimos negocios con ese tipo?*

El Padre Hugo no quería hablar. Pensó que si no hablaba, la voz se esfumaría.

"*¡Vamos! ¿Cuánto tiempo hace desde que le hablaste al cabrón?*"

—Mira, Guty, no quiero hablar más contigo. Voy a salir de aquí y regresar a casa. Ni sé lo que hago aquí en primer lugar.

"*Un momento, Compadrito. Nadie se va de aquí hasta que yo diga.* "

Las palabras de Guty tuvieron un efecto paralizante en Hugo, y sintió que el cuello se le había aferrado a la pared por un clavo invisible. Miró hacia Luz, pero ésta no hablaba, y todavía tenía la cabeza reclinada en las rodillas.

"*Vamos, Huguito, ¿Cuándo fue la última vez que bailaste con el coronel?*"

—Hace un año, más o menos.

La cara del coronel apareció de repente, y miraba con intensidad al sacerdote, como lo hacía cada vez que se encontraban. Esa cara blanca era una máscara. La mano pálida le ofrecía al sacerdote el puro habano que Hugo siempre fumaba cuando concluía un arreglo con el Coronel Delcano.

"*Hugo, sabías que el coronel tuvo que ver con la muerte del arzobispo allá en 1980.*"

—¡No, yo no lo sabía! La voz del sacerdote estaba áspera, al punto de entrecortarse.

¡Ja! ¡Qué puñetero mentiroso eres! Seguro que lo sabías. Yo lo sabía. Y yo sabía que tú sabías. Sólo que no discutimos el tema, ¿No es verdad, mi Rey? Principalmente porque no nos importaba un bledo."

Hugo se calló, recordando que sí había sospechado el papel del Coronel Delcano en el asesinato, pero que no le había prestado atención a esa suposición en ese entonces.

"*Tú lo sabías, ¿Verdad que sí, Hugo?*

—¿Qué importa ahora, Guty? ¿De qué sirve? ¡Hace ya casi diez años! ¿Qué importa?

"*Importa mucho, compa. Créeme.*"

Guty se calló. Parecía meditar. Después de un rato, preguntó: "*¿Te arrepientes?*"

Hugo volteó, se estremecido hasta el fondo, y cuando respondió murmuró en voz sofocada. —¿De qué hablas? Yo no tuve que ver nada con la muerte de nadie. Deja eso, Guty. ¡Me estás envenenando! Y francamente, ¿Con qué cara te pones tú a hablar de arrepentimiento?

"Lo sé, Hugo. No tengo derecho de preguntarte esto."

Al sacerdote le sorprendieron las palabras de Guty, y más aún su tono. Hugo creyó oír humildad, hasta remordimiento en la voz de Guty.

"Hugo, ¿Sabías tú que el coronel respaldó el asesinato de muchas personas?"

—No, yo no sabía tal cosa. Tenía mi trabajo el cual me impedía meterme en los asuntos de otras personas. ¿Te acuerdas? Estaba ocupado con mi trabajo en la universidad y...

¿Qué dices, amigo? El asunto de los asesinatos era demasiado insignificante para ti? Lo era para mí, y lo admito."

El Padre Hugo se había dado cuenta de que hubo varios asesinatos, todos sin solución. Supo también que algunos de ellos habían sido americanos.

—Mira Guty, si algunos murieron —y no estoy listo para decir quién fue responsable— ellos compartieron la culpa. Dime, ¿qué espera la gente cuando se meten hasta el cuello en la política?

—*Yo no sé lo que esperan. Esa no es la pregunta. Hubo asesinatos y sabíamos quién fue responsable, y traficamos con el asesino. Ese es el punto, Hugo, ¿No lo ves?"*

El sacerdote estaba al borde del pánico, sentía que el refugio se hacía intolerable. Echó una ojeada a donde Luz se recostaba contra la pared, y vio que dormía. Hizo ademán de pararse. Quería correr hacia el Coronel Delcano quien le daría un salvoconducto para regresar a su país.

"¿Te arrepientes, Hugo?"

La voz de Guty era un susurro que le oprimía el cuerpo contra el piso de concreto. —Ya vas de nuevo con la misma tirria. ¡Arrepentirme! ¿Por qué?

"Todas esas muertes, mi Cuatacho."

—¡No! ¡No me arrepiento! ¿Por qué debería arrepentirme? Yo no tuve nada que ver con...

"¡Pues sí que tuviste mucho que ver! ¡Sí que tuvimos! ¡Tú y yo! Hicimos del coronel un hombre de éxito. Nos cercioramos que él se saliera con la suya. Nosotros no jalamos el gatillo, pero, ¡maldita sea!, lo hicimos posible. Yo lo lamento todo, Hugo. ¿Por qué no lo lamentas tú?"

—¡Déjame en paz!

El aire del refugio le comenzó a causar asco al Padre Hugo. Miraba a las personas que se habían amontonado juntas durante la noche, y vio que se movían. Las sombras se atravesaban de un lado al otro en silencio. Hugo se fijó en una de ellas, convencido de que lo estaba mirando.

"Sufren, Hugo."

—¿Quiénes sufren?

"¡Esos! ¡Los que estás mirando! No lo saben, pero sería igual que estuvieran muertos como yo.

Hugo no podía tolerar más la voz de Guty, así que decidió abandonar el refugio y buscar al Coronel Delcano.

"¡Espérate, Hugo! ¿Te arrepientes?"

¡No! ¡No me arrepiento!

"¿Estás seguro que no te remuerde nada, Hugo? ¿Ni aun lo que le hiciste al Padre Virgilio?"

—¡Maldita sea, Guty! No tengo nada que lamentar.

Mientras hablaba, el Padre Hugo miraba a Guty, y la imagen era tan real que sintió que podía tocarle la pierna tiesa. Parecía natural; no rígida y artificial. Hugo le miró la cara y los hombros a Guty y vio que tenía algo colgado sobre los hombros. Pudo ver que le caía como la estola de un sacerdote, y que tenía la cabeza recostada en la mano, como si escuchara. Hugo comenzó a reírse cuando se le ocurrió la idea que Guty estaba oyendo su confesión.

—¡Epa, Guty! ¿Qué carajo piensas que estás haciendo? Soy yo el sacerdote, no tú. O ¿se te ha olvidado?

Hugo se rió más fuerte; era una risa hueca, casi histérica, pero de repente dejó de carcajearse, y se puso de pie. Miró a Luz. Todavía estaba ensimismada, y no le devolvió la mirada.

"No te preocupes, Hugo. Déjala tranquila. En seguida nos alcanzará. Ven. Necesito mostrarte algunas cosas antes de que nos marchemos."

El Padre Hugo se retiró hacia atrás para poner espacio entre la voz y él. —Mira, Guty, vamos poniendo las cosas en claro. El sacerdote recalcaba sus palabras. —No voy a ningún lado contigo. Me voy para allá afuera, donde pueda tranquilizarme el cerebro, y de ahí, a casa.

El sacerdote empezó a moverse hacia la salida del refugio. Tuvo que entreverarse entre los cuerpos echados, cuidadosamente dándole la vuelta a algunos, brincando sobre otros. Se preguntó por qué estaban tan quietos, sin dar indicios de querer volver a la calle y a sus casas.

Una vez fuera del edificio, la luz matutina hizo que el sacerdote guiñara los ojos involuntariamente. Se frotó los ojos, pestañeó, miró a su alrededor, y respiró profundamente, contento de haber dejado atrás el aire rancio del refugio. La calle estaba llena de escombros, y vio que había cuerpos debajo de fragmentos de concreto y de basura. Los cadáveres tenían las extremidades torcidas, y ya comenzaban a hincharse. Hugo dio una vuelta para abrirse paso hacia el centro de la ciudad, y de ahí a la oficina del Coronel Delcano.

Había un silencio espeluznante por dondequiera. El viento soplaba por paredes agrietadas, creando un eco que se repetía quedamente. Le pareció al Padre Hugo que él era la única persona viva en la ciudad. Al principio caminó tan rápido como las piernas rígidas le permitían, y sus pasos hacían un sonido crujiente que rebotaba en los muros. Después, cuando las calles ya no estaban atestadas de escombros o llenas de baches, Hugo empezó a correr lo más rápidamente posible.

Se apaciguó cuando por fin vio a dos hombres. Entonces comenzó a ver a más personas, hombres y mujeres que parecían encaminarse en la misma dirección. El número continuaba aumentando. En poco tiempo, se formó una muchedumbre, y Hugo se decidió a seguirla, figurando que sin duda encontraría a alguien que lo ayudara.

Las calles se llenaron con murmullos y voces, y la gente alrededor del Padre Hugo estaba agitada. Intercambiaban frases que él no alcanzaba a oír. Presintió, sin embargo, que había ocurrido algo muy importante, causando que cesara la guerra de los últimos días.

Una ambulancia destartalada, con luz roja encendida y sirena resonando, pasó a Hugo yendo hacía la dirección adonde iba el gentío. Un camión militar cargado de soldados seguía la ambulancia incitando a Hugo a correr con esperanza de alcanzarlos. Sabía que uno de ellos lo pondría en contacto con el coronel.

Cuando dio vuelta a la esquina, se encontró delante de la entrada de una residencia, y alcanzó a ver que el jardín estaba lleno de soldados y médicos. Hugo se metió por entre los curiosos, hasta que sus ojos dieron con el cuerpo de un hombre, todavía en ropa interior, extendido sobre el pasto. Al alzar la vista, vio a un sacerdote parado frente al cuerpo, y se dio cuenta que era un obispo. Hugo se acercó aún más, mirando más allá del cadáver. Había otros cuerpos, y parecía que les habían volado los sesos.

—¡Jesús! La palabra se le escapó de los labios a Hugo. El corazón le comenzó a latir incontrolablemente.

—¡Son sacerdotes! ¡Todos!

El Padre Hugo se estremeció con lo que dijo esa voz y volteó para ver quién había hablado. No era Guty esta vez sino una mujer desconocida. No obstante, Hugo empezó a interrogarla.

¿Sacerdotes? ¿Está segura, señora?

—Si, señor.

Se le formó un nudo en la garganta, y la boca se le llenó de saliva. La sangre le golpeaba las sienes, y las manos le temblaban sin poderlas controlar. Las voces de los curiosos se le metían por los oídos como zumbidos chillones, y creyó que se iba a desmayar.

"*¿Qué te pasa, Hugo?*"

La voz cogió a Hugo desprevenido. Guty siempre venía durante las horas negras de la noche, nunca durante el día.

"*Lo siento, mi Rey, no quise espantarte. Es mejor que te calmes ya porque todavía tenemos que hacer más cosas antes de que todo se termine.*"

El Padre Hugo estaba atónito. No sabía qué decir ni qué pensar. Trató de correr pero no pudo, y al mirar hacia atrás se llenó de sorpresa cuando vio a Luz recargada contra la muralla del jardín; con los brazos serenamente cruzados sobre el pecho, parecía observar los cadáveres. Cuando Hugo había escapado del refugio, pensó que nunca más la volvería a ver, pero ahora sintió que le urgía ir a hablar con ella. Sin embargo, la voz lo detuvo otra vez.

"*¿Estaban estos curas metidos en la política también? Me parece que me dijiste hace rato que ésa era la razón por la cual mataban a la gente.*"

Se le congeló la boca a Hugo, trabándosele la quijada.

"*Hugo, mira para allá. No, ahí no. Más a tu derecha... Ahí cerca del que trae zapatos. Ahí es. ¿Qué ves en el suelo, amigo mío?*"

Hugo no pudo contestar a la pregunta aunque tenía los ojos clavados en los cartuchos vacíos.

"*¿Reconoces el calibre, no, amiguito? Sí. Claro que sí. ¡No te hagas el bobo! Es idéntico a la cochinada que regateamos aquí. Hubiera sido mejor haber cargado las armas nosotros mismos.*"

El Padre Hugo trató de correr hacia la entrada para huir, pero algo lo detuvo.

"*No tan rápido, compa. Vas en la dirección equivocada. Ven conmigo.*"

Hugo tuvo que darse por vencido. Miró otra vez para ver por última a los sacerdotes asesinados, pero el gentío le bloqueaba la vista. Sin embargo, notó que Luz estaba parada con las manos metidas en los bolsillos de su vestido, mientras volteaba la cabeza buscando en todas direcciones. Parecía una niña perdida.

—Señora, venga conmigo.

Luz siguió al sacerdote. Juntos caminaron por las calles de San Salvador por horas, sin detenerse ni para conversar, clavando la vista muda en casas arruinadas, calles destrozadas y postes quemados.

"Dime, Hugo ¿Qué hueles? Siempre has tenido buena nariz."

—¡Nada!

"Seguro que sí. Sólo que no lo quieres admitir. Estás oliendo lo mismo que yo huelo: carne humana que se está pudriendo. Tiene un olor empalagoso ¿no es cierto? También estás oliendo mierda humana. ¿Sabías que la mayoría de la gente hace eso cuando están aterrorizados? Lo que quiero decir es que se cagan en los meros calzones. También te podría ocurrir a ti, mi compadrito."

Al Padre Hugo le enfermaba lo que veía, oía y olía. El aire estaba contaminado por la peste de cadáveres y azufre rancio. Niños mutilados lloraban, esperando que alguien los ayudara.

"Somos parte de todo esto, y nos lucimos en nuestro trabajo, ¿No crees, Huguito? Y esto no se termina todavía. Sigue algo más."

El sacerdote sabía que sus nervios se estaban desmoronando. Pensó que esta mujer rara y él habían muerto, y que juntos recorrían las calles del infierno. Entonces se dijo que todo pasaría, que ni él ni la mujer habían muerto, y que no estaba loco. Musitaba esto una y otra vez, asegurándose que era natural que se sintiera atemorizado, y que pocas personas podrían aguantar los horrores que él había vivido en las últimas horas.

Incapaz de convencerse a sí mismo, sin embargo, sintió que no podía esperar más. Dejando a Luz atrás comenzó a correr. Al principio empezó a trotar, entonces partió a toda carrera. El sacerdote corrió de calle en calle, esperando que alguien lo ayudara a encontrar al Coronel Delcano, hasta que por fin encontró a dos guardias.

—¿Dónde puedo encontrar al Coronel Delcano?

Hugo estaba sin aliento, y apenas podía pronunciar las palabras. Uno de los soldados apuntó en dirección del Estado Mayor.

—Ahí.

IV

—Lo siento, señor Joyce, pero no puede esperar más aquí. El coronel no lo recibirá hasta las cinco de la tarde y no se les permite a los civiles estar en esta área por largos períodos de tiempo. Tendrá que quedarse en otra parte.

El Padre Hugo se levantó de donde había estado y se retiró de las oficinas del Estado Mayor. Cuando salió a la calle, se dio cuenta otra vez de la destrucción de la ciudad. Aunque las calles estaban ahora tranquilas, el aire aún estaba saturado de humo y polvo, y las patrullas de las tropas del gobierno estaban por dondequiera.

Cuando el sacerdote estaba en la acera, inseguro de qué dirección tomar, se espantó cuando unas puertas se abrieron ruidosamente de par en par y vio que una camioneta militar salió y que se detuvo casi enfrente de él. Hugo se fijó en dos soldados que salieron de detrás del vehículo escoltando a un prisionero; las manos del hombre estaban esposadas.

Hugo observó a los soldados empujar al prisionero, haciéndolo meterse dentro de la camioneta. Cuando cerraron la puerta trasera, ambos se quedaron en atención hasta que un teniente salió del edificio, revisó el interior del vehículo, aprobó, y tomó asiento junto al chofer. Entonces, los soldados saltaron al estribo de la camioneta que lentamente se encaminó hacia una colina cercana.

El Padre Hugo dio media vuelta y caminó sin rumbo. Vio que otros vagaban también, moviéndose sin saber a dónde ir o qué hacer. La gente caminaba en silencio. Una capa de humo colgaba sobre ellos y su ciudad. El sacerdote se abrió camino, a veces tropezando con pedazos de concreto o basura regada, a veces se caía en baches. El aire contaminado le lastimaba los pulmones y los ojos, y el estómago le gruñía porque había pasado mucho tiempo sin comer.

Hugo anduvo durante un tiempo sin dirección antes de darse cuenta de que se había encaminado hacia el centro de la ciudad donde se encontró frente a la catedral. Se quedó de pie por mucho tiempo mirando vagamente; sentía los hombros caídos, y las piernas temblorosas.

Después de algunos minutos, decidió entrar al edificio pensando que encontraría protección, pero cuando penetró la tiniebla, vio que la iglesia estaba llena de gente atemorizada. El sacerdote escuchó el leve llanto y los quejidos de adultos, y vio a un niño tirado al pie de una columna; no pudo determinar si estaba dormido o muerto. Alcanzó a ver siluetas de hombres echados en el piso, y de mujeres, envueltas en chales manchados, sentadas en los bancos.

—Dios te salve María, llena eres de gracia...

Murmullos de tres o cuatro personas rezando el rosario se filtraron en el interior oscurecido de la iglesia. El Padre Hugo se recostó contra una columna, sacudiendo la cabeza, tratando de despejarse la mente. Vencido por la fatiga, permitió que su cuerpo se deslizara hacia abajo hasta que él también estaba echado como los otros.

—... el señor es contigo...

El sacerdote intentó rezar pero no pudo. Pensaba en cómo había abandonado a su comunidad y a la universidad esperando encontrar la paz y que en vez de eso, había caído en este nido de víboras. Ahora su único anhelo era salir, escaparse de este infierno, y nunca más volver. También sentía un resentimiento que aumentaba con cada segundo, una rabia hacia esta gente que habían permitido que este abismo existiera.

—Bendita eres entre todas las mujeres...

También estaba resentido de que el Coronel Delcano lo hubiera hecho esperar por tantas horas. El Padre Hugo se había atenido a que lo hubiera recibido inmediatamente y que, como de costumbre, le hubiera extendido la más alta preferencia. Siempre lo habían tratado bien durante los viajes de negocio, hospedado en el mejor hotel de la ciudad, e invitado a los mejores restaurantes. Este cambio inesperado en la actitud del coronel confundía al sacerdote.

"El coronel te está dando la espalda, ¿No, Huguito?"

Al Padre Hugo casi se le paró el corazón. Aunque su primer impulso fue el de correr lejos de la voz, cerró los ojos. Sentía que sudaba.

"Vamos, Huguito, abre esos ojitos. Todavía tenemos cosas que ver."

—¡Vete de aquí Guty, déjame tranquilo! ¡No tengo nada que decirte, ni una sola maldita palabra, por Dios!

"¡Qué pena! ¡Qué pena! Tomando el nombre de Dios en vano; y nada menos que en Su propia casa. Deberías tener vergüenza, Padre Hugo."

El sacerdote saltó, hundiéndose en la oscuridad, tratando de alcanzar el altar mayor. Tropezó con mujeres arrodilladas y chocó contra bancos, y se resbaló una vez, raspándose la rodilla contra algo filoso. Hugo trepó por el pasillo principal tratando de deshacerse de la voz sarcástica que le sonaba en los oídos.

—¡Padre Hugo! ¡Oiga! ¡Padre Hugo!

El Padre Hugo oyó que alguien lo llamaba. De pronto pensó que era la voz de Guty, pero cuando volteó, vio a Luz sentada en un banco. Traía el pelo más desgreñado que antes. Estaba tieso y parado, y muchos cabellos se le habían pegado a la frente sudorosa. Vio que su vestido estaba aun más sucio de lo que había estado cuando pasaron la noche juntos en el refugio. Tenía los pies mugrientos y las manos enlodadas como si hubiera estado escarbando en la tierra.

—Señora, ¿pero qué hace aquí? Pensé que nunca más la vería.

—Lo estaba esperando, Padre Hugo. Me alegro que haya llegado porque empezaba a perder la paciencia.

—¿Qué quiere decir? ¿Cómo podía haber sabido que vendría aquí?

Luz parecía distraída, e ignoró las preguntas del sacerdote. Después de unos momentos, durante los cuales miraba alrededor como si estuviera localizando a alguien en particular, habló.

—Tengo buenas noticias, Padrecito. Sé dónde puedo encontrar a Bernabé.

—¿Sabe dónde encontrar a su hijo? ¿Dónde? ¿Quién le dijo donde está?

—¿Por qué le sorprende que lo haya encontrado, Padre? Usted sabe que he pasado años buscándolo. La mujer se calló por un momento. Tenía los ojos febriles, y se mordía el labio inferior mientras se concentraba.

—Padre, fue mi comadre Aurora. Usted sabe, le hablé de ella anoche. Salió de su barrio para decirme dónde puedo encontrar a mi hijo. Está en El Playón. No sé cómo lo averiguó, no quiso decírmelo. Pero ahora que estoy segura en dónde está, creo que tengo miedo. Quería que usted viniera conmigo, así que lo esperé aquí . Venga, Padre Hugo. Venga conmigo, que estoy muy ansiosa.

Luz se puso de pie, tomó la mano del Padre Hugo, y cuidadosamente abrió camino entre el gentío hasta la salida principal. Después de eso no le soltó la mano al sacerdote mientras caminaban por el laberinto de calles devastadas. Sus pisadas eran seguras y enérgicas; sabía adónde iba. Pero al rato, el padre empezó a ponerse nervioso cuando se dio cuenta que se dirigían al monte dónde habían llevado al prisionero.

—¿Adónde vamos, señora? Tengo una cita esta tarde, y no puedo ir muy lejos con usted.

—Estará de vuelta a tiempo. Se lo prometo, Padre.

Caminaron en silencio. Hugo podía oír la respiración de los dos mientras cruzaban calle por calle, doblando esquinas, encaminándose hacia la colina. El aire comenzó a oler, pero la pestilencia era diferente a la que cubría el centro de la ciudad. Este tufo era de desperdicios, fétidos y podridos. La brisa empezó a soplar más cuando Luz y el Padre Hugo llegaban a la colina, y la peste nauseabunda de pudrición se intensificaba.

Algo en el cielo asustó al Padre Hugo. Miró hacia arriba, entrecerrando los ojos en el resplandor grisáceo, y cuando fijó la mirada, se dio cuenta de que eran buitres. Sintió que el miedo le paralizó el corazón.

—¡Dios mío! ¿Adónde vamos, señora?

Luz no respondió a la pregunta del sacerdote; en vez, aceleró el ritmo de sus pasos. Ya casi corrían cuando la colina les surgió a la vista. La peste era insoportable para el sacerdote, y tuvo que soltar la mano de Luz para cubrirse la nariz y la boca.

La colina humeaba. Pilas de basura ardían, quemándose por dondequiera, y el humo infecto oscurecía la atmósfera, obstruyendo la visibilidad. Los ojos del Padre Hugo comenzaron a concentrarse en formas que se movían, veladas por la niebla. Las siluetas picaban las pilas, metiendo las manos en los desechos, escarbando, buscando.

De repente, algo atrapado en el fango le llamó la atención al sacerdote, y cuando pudo enfocar los ojos, el impacto de ver aquella asquerosidad lo hizo tambalearse hacia atrás. Se le trabó el aliento en la garganta, y empezó a sentirse mareado. Entre huesos podridos de animal, trapos sucios y latas enmohecidas, vio una pierna humana.

Los ojos de Hugo se le saltaron. El cerebro se le congeló, y se frotaba los ojos con las manos esperando que la pierna torcida desapareciera. Cuando miró otra vez, todavía estaba ahí la cosa. Comenzó a temblar, y se viró hacia el lado opuesto con la intención de huir.

"¡Espera un minutito, Chiquito! ¡No vayas tan rápido! ¡Todavía no se ha acabado! Tenemos que darle cara a más sufrimiento."

La voz tumbó al sacerdote al suelo, y la inmundicia que le embarró la cadera, los brazos y las manos lo puso a punto de devolver el estómago. Hugo comenzó a llorar; mocos y lágrimas le corrían por las mejillas y barbilla. Cuando hizo por limpiarse la cara, se embadurnó la nariz y los labios con la porquería. Esta vez el sacerdote perdió control sobre el estómago, y el vómito le convulsó el cuerpo.

Comenzó a moverse inseguramente, sin rumbo, a tientas, y después de algunos momentos de tambaleos, dio media vuelta hacia arriba, y vio que Luz miraba intensamente una pila deforme. El sacerdote se le arrimó nerviosamente, acercándosele más a ella. Sentía que el pecho le subía y bajaba con tensión y náusea. Hugo tenía la visión nublada, y tuvo que pestañear varias veces antes de que sus ojos pudieran fijarse en lo que la mujer observaba.

El sacerdote se estremeció y cayó al lodo porque las piernas ya no lo podían sostener. El cuerpo desnudo y castrado de un hombre estaba tumbado en una pila de basura humeante, y aunque los buitres le habían devorado partes de la cara, Hugo reconoció el cadáver. Era el del hombre que había sido sacado del Estado Mayor.

Luz cayó lentamente de rodillas, contemplando los restos de la persona tirada frente a ella, y poco a poco se balanceó sobre las caderas, y se acomodó el cuerpo sobre el regazo. Acarició la cara mutilada, besándole la frente y las mejillas ensangrentadas mientras se mecía, quejándose tiernamente. También de rodillas, el Padre Hugo se entorpeció aún más.

Entonces comenzó. De pronto, el sacerdote pensó que lo que oía estaba a una distancia remota, como el tarareo de alguien, o el ronroneo de una máquina. El sonido aumentó, cobrando tonos más agudos, haciéndose más áspero mientras perdía su suavidad. Creció hasta que se convirtió en un aullido gutural.

Aterrorizado, Hugo se dio cuenta de que venía del monte de porquería donde Luz lamentaba, la boca abierta, y la cara torcida de dolor. Su llanto expresaba toda la angustia que había sufrido durante los años de búsqueda. Recalcaba la desesperación y agonía al encontrar a su hijo, sólo para perderlo otra vez.

Los quejidos desquiciaron al sacerdote y trató de consolar a Luz, pero ella no cesaba de gritar. Horrorizado, Hugo se tapó los oídos con las manos, pero al bloquear los lamentos de la mujer, la voz de Guty volvió.

"Hugo, ¿Quién llora?"

Trató de no contestar, pero se oyó a sí mismo y que tartamudeaba al responder.

—¡Eva!

"¿Por qué solloza?"

—¡Porque su hijo mató a su hermano!

"¿Por qué? ¿Por qué mataría alguien a su hermano?"

El sacerdote rehusó contestar. En vez se envolvió la cabeza con los brazos esperando borrar la pregunta de su mente.

¿Te arrepientes, Hugo?"

El llorar de Luz cobraba intensidad pero aún Hugo no contestaba. Apretó los ojos esperando huir, pero la voz de Guty era incesante. Lo presionaba y reprochaba con más preguntas. Entonces, como hipnotizado por esa letanía, Hugo abrió repentinamente los ojos, rodándolos de derecha a izquierda, mientras se concentraba y escuchaba.

Cerro los ojos herméticamente esperando huir pero la voz de Guty era incesante. Lo presionaba con más preguntas.

"Hugo, ¿Quién solloza?"

El sacerdote contestó. La voz le temblaba; era casi un susurro.

—Es el llanto de Raquel de Ramá.

"¿Por qué llora, Hugo?"

—"Porque asesinaron a sus niños.

¿Quién asesinaría a sus niños?"

Hugo agarrotó la quijada, rechazando la pregunta.

"Hugo, ¿Te arrepientes?"

Hugo se mantuvo callado. El llanto de Luz se hizo más fuerte, más desconsolado, y la voz en la mente del Padre Hugo subió por encima de los lamentos.

"Hugo, ¿Quién gime?"

—María de Belén.

"¡No! ¡Es Luz Delcano a la que oyes! Es su dolor que te desgarra las entrañas. Su congoja, y la de miles de otras como ella, es ahora tu dolor. La mía también. Yo quiero saber, Hugo ¿por qué llora?"

—¡Porque le sacrificaron al hijo!

"¿Sacrificaron? ¿Qué quieres decir? ¡No comprendo!"

—¡Por el amor de Jesucristo! ¡Cállate!— Hugo estaba gritando histéricamente.

"¿Te arrepientes, Hugo?"

El sacerdote maldijo, negando contestar por tercera vez. Se puso de pie y corrió hasta que sintió que el pecho estaba a punto de estallarle, y temía ahogarse con la saliva que se le había atrapado en la garganta. Corrió cuesta abajo, resbalándose en los declives podridos de El Playón, hasta las calles de San Salvador, virando esquinas, tropezando y dándose golpes contra paredes y personas. Se perdió varias veces, retrocediendo, buscando sus pasos perdidos, hasta que encontró la dirección que lo llevó al Coronel Delcano.

V

Hugo Joyce se abrió paso hacia la fortaleza que alojaba la oficina del Coronel Delcano. Sin tomar cuenta de la hora, se lanzó dentro de la sección recóndita donde fue detenido por guardias antes de arrimarse a la oficina del coronel. Cuando lo detuvieron, Hugo comenzó a gritar histéricamente, esforzándose en llamar la atención del coronel, causando que el asistente se precipitara a la oficina y volviera en segundos.

—El Coronel Delcano lo verá en seguida, señor Joyce.

Hugo entró al cuarto con la respiración agitada, tratando de recuperar un poco de confianza y de serenidad. Había olvidado que estaba emplastado de mugre, y que tenía la cara y el pelo tiesos de porquería.

El Coronel Delcano lo esperaba, y le señaló una silla para que se sentara. Mostró su disgusto por la condición sucia en que se encontraba Hugo con un ligero aleteo de la nariz, y al fruncir sus labios delgados.

—Padre Joyce, da gusto verlo otra vez. Lo siento por los disturbios que están tomando lugar en nuestra ciudad.

Hugo, quien no tenía aún dominio de sí mismo, se sobresaltó todavía más por el título que Delcano le había atribuido. Siempre había tomado la precaución de pasar como un civil, como un asociado de las Empresas Sinclaire. El Coronel percibió la confusión de Hugo, y sonrió fríamente.

—Así que está sorprendido. Vamos, Padre, ¿cómo iba a creer usted que me podía ocultar su secretito? Siempre supe, desde un principio, que usted era sacerdote.

Hugo luchaba por mantenerse tranquilo pero el mirar pálido de Lucio Delcano lo desquiciaba. El hielo en esa voz le agujeraba el alma al sacerdote, y tenía miedo de ponerse a temblar visiblemente.

—Yo sé mucho acerca de usted, mi amigo. Mucho más, créame. Puedo declararle humildemente que lo sé todo acerca de usted y su socio, el señor Sinclaire, a partir del día que en nacieron.

El Padre Hugo sintió que temblaba la tierra, y una vez más, deseaba correr. El agotamiento de haber pasado la noche en el refugio, las trampas que le había fabricado la mente, añadido a los horrores presenciados en El Playón, acababan con él. Sabía que la fuerza se le había agotado, y que empezaba a derrumbarse bajo la presión del hielo de esos ojos azules.

—Mire, Coronel, he caído en un estado de tensión considerable y...

Fue interrumpido por la mano elevada del coronel. Era muy blanca, con los dedos largos y delgados. —Lo comprendo, mi amigo. Tanta violencia, tanta muerte. No debería ocurrir, lo admito. Permítame preguntarle cómo puedo ayudarlo esta vez.

El coronel hablaba en un inglés impecable. Pronunciaba las palabras perfectamente, y tenía la voz fría y cortante, como hoja de afeitar acabada de afilar.

—Necesito volver a mi país. Creo que usted me puede ayudar.

—¿Tan pronto? Pero si apenas ha estado aquí desde... déjeme ver... un poco más de veinticuatro horas.

El Coronel Delcano consultó un expediente en su escritorio. El Padre Hugo se dio cuenta de que había sido vigilado por agentes del coronel desde su llegada a San Salvador.

—Sí, señor, necesito presentarme en mi universidad... eso es... yo... bueno, para serle franco, todo esto ha sido un error. No me di cuenta de la magnitud del conflicto.

—Claro, comprendo.— Una sonrisa irónica recalcaba la mirada azul. —Haré lo necesario para que lo lleven al aeropuerto inmediatamente. Todavía hay algunos vuelos especiales que pueden salir, y usted será mi invitado en uno de ellos. Sin embargo...

Levantó la mano otra vez al ver que Hugo iba a pararse, indicándole que se sentara. —Sin embargo, Padre Joyce, hay una cuestión importante de la cual tengo que hablarle antes de que usted se vaya.

El sacerdote frunció el ceño. Quería irse, escapar; no quería saber más del negocio. El Coronel Delcano hizo una pausa mientras observaba la cara sucia y sin afeitar de su antiguo socio.

—Existe el asunto de la confidencialidad de nuestros negocios anteriores. Lo que quiero decir es que todo eso debe continuar de la misma manera. ¿Me entiende, Padre Joyce?

Hugo entendía claramente el significado de las palabras del coronel. Esto implicaba que pensaba que él podría denunciar el negocio una vez de vuelta a Los Estados Unidos.

—Coronel, lo comprendo, y puede usted estar seguro de que yo nunca, repito, nunca, diría o haría nada que pudiera poner en peligro nuestras transacciones. Sobre esto, usted tiene mi palabra, señor.

Las manos de Delcano le formaron un triángulo bajo la barbilla; tenía los músculos de la cara relajados, y su mirar era sereno y transparente. Detestaba a Hugo Joyce. No solamente porque el sacerdote era testigo, alguien que conocía a fondo los mecanismos internos del sistema, pero el hombre obviamente era un oportunista y, con toda probabilidad, un cobarde.

El coronel sabía que Joyce era un tipo que cedería, o que se desmoronaría bajo presión. No le cabía duda que el sacerdote sentado frente a él revelaría cualquier información sobre

sus negocios en El Salvador, si se tratara de salvarse el pelle-
jo. Para complicar más las cosas, el sacerdote había perdido
confianza en sí mismo; era obvio que estaba ahora al borde de
una crisis de nervios.

Había mucho que perder, y el Coronel Delcano tenía la
obligación de pensar en el bienestar de su país. Había varios
senadores y congresistas norteamericanos, el coronel estaba
convencido, quienes optarían por alterar las negociaciones de
su gobierno con el Estado Mayor salvadoreño si se les
sometiera la evidencia necesaria. Hugo Joyce podía ofrecer tal
evidencia.

El Coronel Delcano suspiró. Había tomado su decisión. De
momento miró hacia una hoja de papel colocada en su escritorio. Miraba el reporte que informaba de la muerte de varios
sacerdotes esa mañana durante la lucha.

—Qué lástima, amigo mío, que todos los sacerdotes no
sean... como pudiera decirlo... tan listos como lo es usted.

—No comprendo, Coronel.

—Quiero decir que la mayor parte de sus compañeros
sacerdotes no comparten su opinión sobre... cómo se dice... las
transacciones de negocios en nuestro mundo. ¿Tengo razón?

—Sí. Usted tiene razón. No somos todos iguales.

Hugo tiritaba. Así como había deseado encontrar el
sosiego en la oficina del coronel, ahora quería salir de ella.
Delcano presentía la ansiedad del sacerdote, y deliberada-
mente hacía que los minutos se alargaran.

Los dos hombres quedaron callados mientras el coronel
miraba a Hugo, quien estaba sentado cabizbajo, sacándose la
mugre de las uñas. Delcano por fin se movió, y volviéndose al
teléfono, ordenó que un auto viniera a la puerta principal.

Hugo se sintió aliviado de que la entrevista hubiera terminado, y ambos esperaron en silencio que tocaran a la puerta
anunciado que el auto ya estaba listo. Luego, cuando llegó, el
coronel le extendió la mano derecha, estrechándole la mano al
sacerdote.

—Adiós, amigo mío. Ha sido un placer tratar con usted. Tenga un buen viaje.

El sacerdote dio media vuelta, caminando rápido por la puerta y escalones abajo. Pronto estaría en su país, y esta pesadilla se acabaría.

Hugo estaba por entrar en el auto, cuando dos soldados lo interceptaron con la orden de que entregara su pasaporte. A Hugo le irritó esta pérdida de tiempo inesperada y trató de explicarles que era amigo personal del Coronel Delcano, pero los soldados se mostraron indiferentes a todo lo que dijera. En vez, lo empujaron contra una pared y le ordenaron que vaciara los bolsillos de todo lo que tuviera en ellos.

El sacerdote, frustrado y pretendiendo no oírlos, intentó meterse en el auto que esperaba. Cuando se movió, manos extendidas hacia el vehículo, un balazo sonó y la bala le agujereó el cuello, desviándose hacia arriba, y alojándosele en el cerebro.

De la altura de su ventana, el coronel miró el incidente que se desarrollaba bajo él en la calle. Vio como el cuerpo del sacerdote se desplomó a lo largo del suelo, rebotando cuando dio con el pavimento. Observó las convulsiones momentáneas del cuerpo, sus dedos temblando y retorciéndose.

El coronel demoró unos minutos ahí, distraídamente mirando al cuerpo del sacerdote. Entonces se apartó para arrimarse a su escritorio donde leyó otra vez el reporte que le habían sometido minutos antes de su entrevista con Hugo Joyce. La relación comunicaba que habían visto a Luz Delcano desenterrando el cuerpo del guerrillero fusilado. El mensaje de la relación terminaba abruptamente, sin indicar más detalles sobre la reacción o paradero de Luz.

El Coronel Delcano sintió su impaciencia habitual con la ineficiencia, pero lo dejó pasar. Llamó a su asistente. Cuando el soldado entró, Delcano no perdió tiempo.

—¿Está todavía el teniente en el recinto?

—Sí, señor. Aguarda más instrucciones.

—Dígale que pase.

En pocos minutos, el teniente apareció, reflejando una fatiga extrema en el rostro. Tenía las pupilas de los ojos dilatadas.

—Ha hecho muy bien hoy, Teniente. Ha seguido mis órdenes perfectamente.

—¡Gracias, mi Coronel!

—Una cosa más. Entréguele esta orden al sargento de turno. Que la lleve a cabo esta tarde.— Delcano le entregó al teniente un sobre sellado. Esta sería la última orden que recibiría el teniente. Mandaba su propio fusilamiento.

El soldado salió de la oficina, cerrando calladamente la puerta al salir. Lucio Delcano se sentó rígidamente en su escritorio, permaneciendo en esa postura por varias horas mientras pensaba en su madre y en su hermano. Un entumecimiento le invadía el cuerpo, paralizándole el corazón, y se sintió aterrado y perdido, igual que se sentía cuando era niño. Su obsesión había sido cumplida: su hermano estaba muerto. Sin embargo, Delcano se sentía vacío y enfermo, porque como todo en su vida, se le había negado hasta la anticipada satisfacción de la venganza.

Epílogo

La guerra civil termina en El Salvador con la firma de un tratado.

San Salvador—Con el repicar de campanas de iglesias y explosiones de fuegos artificiales... miles de guerrilleros del Frente de Liberación Nacional de Farabundo Martí y sus partidarios celebraron el final de una guerra civil de 12 años...

Francisca Merina miró la plaza atestada con ojos asombrados. —Vine a mostrar mi apoyo por tanta esperanza. Las fuerzas armadas reclutaron a mi hijo hace ocho años. No querían devolverlo... más tarde me lo trajeron muerto.

The Los Angeles Times, el 17 de enero de 1992

I

Después de la ofensiva guerrillera de noviembre de 1989, la guerra entre la FMLN y las fuerzas del gobierno continuó devastando El Salvador hasta que el Tratado de Paz se firmó en enero de 1992. Durante esos años, la desaparición de gente siguió afligiendo a un sinnúmero de familias. Jóvenes murieron a manos de escuadrones de muerte. Una multitud de salvadoreños abandonó la ciudad esperando distanciarse de los fusilamientos y los secuestros. El éxodo de refugiados escapando del país nunca se detuvo.

Luz Delcano sobrevivió a la violencia tanto como a la tristeza de haber perdido a su hijo. Ella fue una de las personas que decidió abandonar la ciudad donde había sido testigo de tanta muerte y de tantas pérdidas. Cuando la búsqueda de su hijo terminó en los declives de El Playón, dos campesinos la ayudaron a bajar el cuerpo de Bernabé a un lugar apartado. Ahí, los desconocidos y ella escarbaron una sepultura lo suficientemente profunda para enterrar el cuerpo. Después le ofrecieron quedarse a su lado, pero ella no quiso aceptar su bondad. En cambio, anduvo hasta las orillas de la ciudad donde se unió a otros hombres y mujeres en la huida lejos de la contienda. Luz vive ahora en las montañas de Chalatenango en un pueblo conocido con el nombre de Guarjila.

Other Books by Graciela Limón

In Search of Bernabé, 1993
The Memories of Ana Calderón, 1994
Song of the Hummingbird, 1996